新潮文庫

第二阿房列車

内田百閒著

目次

第二阿房《あほう》列車

雪中新潟阿房《あほう》列車

一

上野新潟間の急行七〇一、七〇二列車、「越路《こしじ》」と云《い》うのに初めて乗ったが、その出足の速い事、走れば揺れる揺れ方が律動的《リズミカル》で、線路の切れ目を刻む音も韻律に従って響いて来る様に思われた。発車の時刻が上野はお午《ひる》の十二時半、丁度東海道線の特別急行、第三列車「はと」の東京駅発車と同時刻である。上野へ帰る新潟の発もそれから一時間足らず遅いだけで、上り下り共、大体昼間の明かるい内に全線を走破する。これから先、お彼岸を過ぎて日の暮れるのが遅くなれば、夕日が車窓に射《さ》す頃に、新潟に著《つ》き、上野に帰るであろう。

上野と新潟の間を、この急行「越路」の走る上越線で行くと、丁度真中辺《あた》りに、日本一の長いトンネル清水隧道《ずいどう》がある。その前後の勾配《こうばい》に備える為《ため》だろうと思う、「越路」の編成は馬鹿《ばか》に短かい。東海道線や山陽線に十五六輛《りょう》編成の急行列車は珍らしくないが、「越路」はその半分にも足りない七輛編成である。短かいから、山の勾配をらくに登ったり降りたりする。平地で脚が軽いのは尤《もっと》もである。

もう一つ、途中の停車駅の停車時間が非常に短かい。一分はまだいい方で、三十秒停車の所もある。その事は上野駅を出る前の車内のアナウンスで注意した。ホームに出ていて乗り遅れない様に、又見送りの人を車内へ入れない様にと云った。停車中に見送り人が中へ這入《はい》るのは全くあぶない。座席にいて見ていると、人ごとながら、はらはらする。一昨年《おととし》の初夏、鹿児島から帰って来る時に、博多の駅で、発車するとすぐに急停車したので、何事かと思った。後でボイに聞くと、特別二等車に這入っていた見送りの婆《ばあ》さんが、挨拶《あいさつ》している内に汽車が動き出したので、あわてて飛び降りたが、進行方向と逆に向いてホームへ足をつけたので、忽《たちま》ち顛倒《てんとう》し、線路に転落した。見ていた者は皆、もう駄目だと思って青くなったそうである。しかし車掌の執《と》った処置が迅速だったので、急停車が間に合い、車輪の外側にころがっていた儘《まま》で、無事に引き上げられた。話しを聞いただけでも手の平に汗が出る。鉄道は見送りの人の車内立入りに就いて、もっと親切に、だから徹底的に厳重に官僚的に取り締まらなければいけないだろう。そう云う事を手ぬるくして、民主主義的な愛想顔をすると云う法はない。

新潟へ行ってから会った管理局の主脳の人が云うには、その内にこの急行列車をもう一時間短縮する。東京新潟間を五時間にして見せる。是非実現させたい。それはいい話だ。いつからそうなりますかと聞いたが、そこのところはまだ解《わか》らないそうである。

しかし今の儘でも不足はない。余りに快適なので、乗っていて色色の事を思う。大きな、飛んでもない大きなソナタを、この急行列車が走りながら演奏している。線路が東京から新潟に跨《また》る巨大な楽器の絃《げん》である。清水隧道のある清水峠はその絃を支えた駒《こま》である。雄渾《ゆうこん》無比《むひ》な旋律を奏しながら走って行く。レールの切れ目を刻む音にアクセントがある。乗客はその迫力に牽《ひ》かれて、座席に揺られながらみんなで呼吸を合わせている様に思う。

二

新潟は初めてではない。

大正十二年の大地震より何年か前に行った事がある。

その当時、陸軍教授を拝命し、陸軍士官学校の教官であった。季節はよく覚えていないが、多分早春であったかと思う。つまり年度末だったのだろう。出張を命ぜられる事になって、行く先も多少はこちらの希望が叶《かな》えられたので、私は京都へ行きたいと思った。京都には同志社大学の先生に友人がいたからである。ところが発令になって見ると、私の出張先は仙台である。甚《はなは》だ気に入らないが、そうときまった以上、後から文句を云っても仕様がない。しかし、どうせ何日かのお暇を貰《もら》って東京を離れるなら京都へ行きたい。

京都へ行きたいが、仙台へ行きたくないと云うのではない。仙台へも行ってもいい。仙台は初めてである。まだ若かったから、知らない所へ行って見る興味はあった。

そこで私は考えて、こう云う事にきめた。命に従い、仙台へ出張する。その出張の途次、京都へ立ち寄って来よう。京都へ立ち寄るのは出張の途中でなければいけない。仙台から一たん東京へ帰って、更《あらた》めて京都へ行くのでは、出張の途次と云う意味が成り立たない。仙台から京都へ廻って、東京へ帰る。東京へ帰るのは一ぺんだけにする事が必要である。

それで鉄道地図を按《あん》じて、道順を研究した。仙台から常磐《じようばん》線で平《たいら》へ出る。平から磐《ばん》越《えつ》東線で郡山《こおりやま》に出て、磐越西線を通って、新潟へ行く。新潟から北陸本線へ廻って、富山、金沢、敦賀《つるが》を通り、米原《まいばら》に出て京都へ行く。大変な廻り道の様だが、仙台から東京に帰り、東海道線で京都へ行くよりは、この道順の方が当時の里程の計算で二十哩《マイル》程近い事を知った。だから、その方から考えても、仙台に出張した途中、京都へ寄って来るという考え方が成立する。

尤《もっと》も道のりが少少近くても、東海道線よりは汽車が遅いから、道中が長くかかり、従って旅費の点ではそっちの方が高くつく。しかし出張のついでに行きたい所へ行ったと云う理窟《りくつ》を立てる為には、銭金《ぜにかね》の事は云っていられない。銭金の本体は年度末の出張旅費だから、心配する事はない。

右の道順で京都へ行くとしても、もっと倹約する事は出来た。常磐線の平なぞへ行かないで、東北本線の郡山から磐越西線に乗る事にすればいい。仙台から平へ出て郡山へ行くのは三角形の二辺であり、すぐに郡山へ行けば、その一辺ですむ。従って距離もそれだけ縮まり、さっき挙げた二十哩と云う数字がもっと多くなる。それを知っていながら平へ出たのは、一日の内に、太平洋岸の平から、日本海岸の新潟へ出て見たかったのと、もう一つには、その少し前に開通した磐越東線と云う新線路を通りたかったからである。阿房列車の病根は、何十年も前から兆《きざ》していた事を自認する。

その時に新潟へ行った。

だから新潟は初めてではない。間に何十年の歳月が流れているにしろ、曾遊《そうゆう》の地である。

今度新潟へ行って見ようか知らと思い立ったのは、勿論《もちろん》用事などある筈《はず》はなく、新潟に格別の興味もないし、その他何の他意あるわけではないが、あっちの方は雪が降って、積もっていると云うので、そうすると、どう云う事になっていると云うのか、それを一寸《ちよつと》見て見たいと思う。

私は備前岡山の生れで、子供の時から余り雪に縁はなかった。若い頃東京に出て来て、東京を二番目の故郷に暮らしているけれど、東京は岡山よりは雪が降ると云っても、空襲の冬には、積もった雪が何日も解けなかった事もあるけれど、北国の新潟の方の話を聞くと丸で見当がつかない。この歳《とし》になる迄《まで》、本当の雪と云うものをまだ知らないと云う事を重大らしく考えた。

戦争になる何年か前、一寸臺湾《たいわん》へ行った事がある。その時聞いた話に、臺湾でも臺北近郊の山の頂には雪が降る。手近な所に草山《そうざん》と云う山がある。冬の朝、起きて見て草山の頂が白くなっていると、臺北市内の小学校は臨時休業になる。先生が生徒を引率し、叱咤《しつた》しながら駈《か》け足で草山の頂へ登って行く。早く行かないと、遅くなれば解けて、何もなくなってしまう。子供は雪と云う物を、教科書で教わっても、見た事がなければ会得《えとく》しないから、そう云う急な遠足をする事になる。

北国、奥羽《おうう》の雪を想像する私は、臺北の小学生と余り違わないかも知れない。鹿児島阿房列車に書いた状阡《じようせん》君が、今は新潟にいる。状阡の息子は東京の大学生で、時時私の家に来る。新潟の父母の許《もと》から帰って来た時、新潟は雪が降っているかと尋ねて見た。

「この二三日また降り続けています」

「それで積もっているのかい」

「そりゃ先生、雪の新潟ですもの」

「どの位積もっている」

「今度来る時は、道ばたが一米《メートル》でした」

一米は三尺三寸。すぐその儘では解らない。三尺の秋水。七尺《せき》の屏風《へいふう》。子供の時に学校で教わった儘を覚えてはいるけれど、一哩《マイル》は十四町四十五間一尺三寸六分だそうだが、今では汽車でも哩を使わなくなったから、覚えていて何の役にも立たない。しかし役に立たない事を忘れてしまうと云う事は出来ない。却《かえ》って役に立たない事程、いつ迄もはっきり覚えている様でもある。

道ばたに三尺の雪が積もりっ放し。そこへ行って見ようと思った。

三

出掛けたのは二月の二十日過ぎである。それ迄、幾日もの間、毎日小春日和《びより》の様な暖かいお天気が続いて、北国の雪を想像するのがよそよそしい様であったのに、明日は立とうと云うその前日になって、思い掛けもない雪が朝から降り出した。

初めは牡丹《ぼたん》雪であったから、大して積もる事もなかろうと思っていたが、次第に細かくなって降り続き、午後じゅう降って夕方も止《や》まず、暗くなってからまだ降り続いたから、到頭積もった。門を閉めに行くのに足許が悪く、下駄が埋もってしまう程になった。

翌《あ》くる日、出立の日は、空は綺麗《きれい》に晴れ渡って、暖かい早春の日が照り灑《そそ》いだが、下界は一面の銀世界である。家の玄関前の板屛《いたべい》の上に積もった雪の高さが、六寸か七寸位ある。東京では大雪の内だろう。お午《ひる》まえ上野まで乗って行くタクシイが、往来の雪の為に故障しやしないかと心配した。

新潟へ行くには途中に山がある。山には雪が降っているだろう。新潟まで雪を見に行かなくても、道中の雪景色で堪能《たんのう》するに違いない。ただ東京は、こないだ内の様な暖かい上天気続きで、もうすぐに春だと思っている時、上野を立ってどの辺りから急に天地が冬に戻り、車窓の外に雪を見る様になるのかと云う事が、今までにそう云う経験がないので、随分楽しみであった。

昨日の雪でその楽しみがふいになった。東京がこの通りの雪景色であれば、上野を出てから先の郊外の、野原も田圃《たんぼ》も雪におおわれているに違いない。汽車が走って行ってその内に山が近くなり、もとからある雪が昨日降った雪に続き、始めも終りも雪でのっぺりしているのでは、ちっとも面白くない。私の家を出る玄関先から雪があった。その雪が上越の山の雪に続き、新潟の雪に続いているだろう。止《や》んぬる哉《かな》と思ったが、旅程を変えて、出発を延ばすのも面倒臭い。

四

上野発十二時三十分の定時に、急行七〇一列車「越路」が走り出した。ＥＦ58の電気機関車である。だからゴヤの巨人が目くらになって、按摩《あんま》笛を吹いている様な曖昧《あいまい》な電気笛を吹き鳴らす。

ＥＦ58は最新式の電気機関車だそうで、別の煖房車《だんぼうしゃ》を一車つけないでも、電気機関車の中でその操作が出来ると云う。それが余り新らしいので、しょっちゅう故障を起こすと云《い》う話を聞いた。現に私の乗った日も故障だったらしい。車内のアナウンスで頻《しき》りにあやまっていた。進行中になおそうとしたが、到頭うまく行かないので、高崎までその儘走ってから、機関車を取り換えると云った。当日は雪上がりの暖かい日ざしが窓から射《さ》し込んで、それ程寒くもなかったが、後で聞いた所では、だからこの

EF58の事を冷凍機関車と呼ぶそうである。

申し遅れて彼に失礼したが、私はもともと一人旅は出来ない。今迄の続きで、国有鉄道のヒマラヤ山系君に同行を頼んだ。止むを得ず因果とあきらめたか、彼の方で面白がって一緒に来たか、それは解らない。そんな区別が判然する山系君ではない。その両方であったり、或《あるい》はどっちでもなかったり、しかし兎《と》に角《かく》私の隣りの座席に彼がいるから安心である。

同行二人、阿房列車の編成はもともとそうなので、鹿児島へ行っても新潟へ行っても変りはない。ただ出発と到著の際の見送り、出迎えは困るので、いつも極力阻止しているけれど、中中そう行かない。今度もあらかじめそんな話を受けたので、止めて貰おうと思ったが、是非にと云う事なので、夜汽車の寝台車ではないし、昼間の事だから、それじゃまあいい事にしようと云ったら、三四人に見送られる事になった。

少し早目に乗り込んでいて、そうして発車を待つ。なんにもする事はない。その間の時間が実にいい。神聖な空白である。見送りがあると、見送り人には顔があるから、その顔に拘束されてしまう。又何か云うから、発車まで受け答えをしていなければならない。動き出せば更《あらた》めて挨拶を要する。阿房列車が行くと云うので、別れを惜しむなぞと云う心事は、人の心事でも自分の心事でも腑《ふ》に落ちない。

山系はその見送りで、七味唐辛子と小鬢《こびん》入りの味《あじ》の素《もと》と親指より少し太い位の小さなサントリを四本と、その外《ほか》まだ何かおかしげな物を貰った様である。

汽車が動き出してから、あっちこっちのポケットに手を突っ込み、いろんな物を取り出してもそもそしている。

「とんがらしなんか、どうしてそんな物を貰った」

「くれたのです」

段段速くなって、動揺も少く、乗り心地は申し分ない。快適な、規則正しい震動に揺られてぼんやりしていると、東海道線の特別急行に乗って、京大阪へ行く途中の様な錯覚が起こる。しかし窓外の遠景に連なった山の姿を見ると、東海道沿線の景色とは丸で違う。

車窓の右も左も、田圃は一面に昨日の雪でおおわれて、その上から麗《うら》らかな早春の日が照りつけているが、遠景を屛風《びょうぶ》の様に仕切った山山の頂は、所所雪をかぶっているだけで、黒い山肌が青空に食い込んでいる。その山の姿がおかしい。見馴《みな》れない目には無気味に見える。熊谷、高崎辺りの景色を眺めていたら、少し寒気がする様な気持になった。

ごつごつしていて、隣り同志に列《なら》んだ山に構わず、自分勝手の形を押し通そうとしている。尖《とが》ったの、そいだ様なの、瘤《こぶ》があるの、峯《みね》が傾いたの、要するに景色と云う様なものではない。巨大な醜態が空の限りを取り巻いている。

富士の裾野《すその》に続く連峯《れんぽう》、京都から先の山城摂津《せっつ》の山容とは丸で違う。

渋川を出たら、窓に日が照り照り、雪が降って来た。両側の山が近くなり、どの山も雪におおわれて真白である。雪をかぶっているから、ふわふわしている様に思われる。今まで見て来た山の様に、ごてごてしていない。

窓の外の雪が、横に降って来る。走っている車窓から見れば、それは当り前だと思ったが、その内に汽車が山の腹に近づいたら、谷の下から、条《すじ》になった雪が上へ向かって降って来た。

そうして雪の中を清水隧道《ずいどう》に近づいて行った。清水隧道は日本一、長い。函根《はこね》の丹《たん》那《な》隧道より、一粁《キロ》近く長い。丹那隧道はしょっちゅう通る。清水隧道は今度が初めてである。三番目に長いのは仙台と山形の間の仙山線にある面白山の仙山隧道で、芭蕉《ばしょう》の閑《しずか》さや岩に沁《し》み入る蟬《せみ》の声の立石寺《りゅうしゃくじ》の傍である。この前の奥羽本線阿房列車の時に、その隧道を通って、長いので感心した。これから清水隧道を通れば、日本の三大隧道を三つ共経験する事になる。汽車に乗っていて、隧道を通って、通った隧道が長かったと云うので感心するなぞ意味はないと思うかも知れないが、凡《およ》そ長さのある物は、長い程えらい。それはそうだが隧道の本質は長さにはなく、暗さにあるだろう。しかし、暗いのがえらいと云っても、十分間近く掛かる長い隧道の中が、通り抜ける迄真暗だったら困る。本当の闇《やみ》の中では、息が出来ない様な気がするだろう。だからこの頃は車内に電気がついている。電気をつけて暗い中に這入《はい》って行くから、もともと暗い所を走っていた夜汽車の隧道は、壁の反響をうっかりしていると、いつ這入っていつ出たか解《わか》らない事もある。何でも今の儘《まま》ではない方がいい様な気がするけれど、隧道は暗くなければ本物でないと云いつのるつもりはない。郷里岡山の近くに、船坂峠の三石隧道があって、大分長い。子供の時は汽車の電燈はなかったから、隧道の手前の三石駅で、駅夫が車室の屋根に上がり、頭の上にどしどし音をさせて歩きながら、石油洋燈《ランプ》を天井から差し込んだ。

そのサアヴィスは、矢張り当時の優等列車に限ったかも知れない。なんにもしてくれないなりで隧道に這入り、暗いのは二三分の事だったと思うけれど、向うの明かるい所へ出る迄、身動きも出来ず、呼吸が詰まる思いをした記憶がある。

だからその時分、駅の売店で蠟燐寸《ろうマッチ》を売っていた。途中に隧道のある汽車に乗る時、用心のいい者はそれを買って行く。先に薬のついた蠟燭《ろうそく》の様な物だから、隧道に這入って暗くなったら、それを擦る。真暗闇の中で、その手許《てもと》のまわりだけが明かるくなって、心丈夫の様な気がするが、辺りがどっちを向いても暗い中に、そこだけ明かるいのが恐ろしい様な気もした。

五

車窓の左右に山が迫り、隧道が幾つもあって、今度は清水隧道かと思っていると、又明かるくなる。清水隧道にいつ這入ったか解らなかった。余り長いのでそうかと思い、結局そうであったが、だから這入った時から時計を見ておく事は出来なかった。清水隧道の前後にかけて、ルウプ線が二つある筈である。ルウプ線は輪になっていて、列車が高低に分かれた線路で同じ所を二度通る。鹿児島阿房《あほう》列車の時、肥薩《ひさつ》線の矢嶽《やたけ》、大畑《おこば》の間で、汽車がそう云う所を走って行くのを窓から見た。今度も見ようと待ち構えていたが、車内のスチイムと外の冷気の為《ため》に窓が曇っているから、解らない。

但《ただ》し、私の所の窓だけは曇っていない。前以《も》ってそれに備える用意をして来た。ガーゼの布巾《ふきん》と小さな罎に入れたアルコールを持っている。アルコールを沁ませた布巾でしょっちゅう窓を拭《ふ》いているから、私の座席の窓は曇らない。だから外が見えない事はないが、進行する列車の行く先の線路の曲がり工合などを、窓から首を出さずに眺めるには、いつも斜に前方を見ていなければならない。それに必要な見当の窓は、人の座席にある。人の窓を拭きに行くわけに行かないから、見たいと思う外が見られない。

新潟から帰る時、見送りに来た管理局の人に、窓拭きの布巾とアルコールの罎を見せたら、阿房列車どころではない、利口列車だと云った。本人の私もそう思っている。清水隧道だろうと気がついてからでも、十分間近く暗闇の中を走り続けて、やっと明かるみに出た。

出るとすぐ左に見える山の腹の斜面で、スキイをしていた。本当に辷《すべ》っているのを見たのは初めてである。

汽車が山の間を離れて、いくらか遠くの見える所へ出た。この辺《あた》りは雪が深いらしい。田圃だか野原だか解らないが、一面の雪原の中に電柱が立っている。電柱が半分よりもっと上の所まで雪に埋もっている。その見当で雪の深さが解ると思った。

「しかしですね、この辺の電柱はそれを考えて、普通の所より脊《せ》が高くしてあるかも知れませんから」と山系君が尤《もっと》もらしい事を云った。

それはそうかも知れない。そうだとすると、私が向うの電柱を見て、つけた見当より、もっと雪は深いかも知れない。こうして車窓から眺める雪は、少しでも深い方が、つまり話は大袈裟《おおげさ》な程、張り合いがある。

積もった雪の上へ、更に雪が降りしきっている。目先に白い物がちらちらして、白い雪空と雪をかぶった大地との境い目がわからない。汽車が走って景色が変り、雪を載せた立ち樹《き》の頂が目に入ると、初めて上と下、つまり天地の在り所が判明する。

大分離れた向うの雪の中に、胸元《むなもと》から上だけの人間が立っている。腰の下を雪に埋めて、何をしているのかと思う。暫《しば》らく見ていたが、不思議で仕様がない。

「おいおい、山系君、あんな所に人が起《た》っているぜ」

「はあ」

「こんな雪の真中で、何してるんだろ」

ねむたそうな彼が、そっちを見て、「あれは、あれはですね。人がいるんですよ」

「だからさ、どうするんだろう、雪の中で」

「そうですね」と云った時、その人影がすうと横に動き出した。

雪の中に道がついているのが、手前に積もった高い雪に遮られて、こっちから見えないからだろう。

小出《こいで》の駅の軒に、三尺も四尺もある氷柱《つらら》が何十本も垂れているのを見て、びっくりした。生まれてこの方、見た氷柱の長さは、せいぜい二三寸である。

急行「越路」は吹雪を撃《つんざ》いて走り続け、薄暮の長岡に著《つ》いた。長岡で電気機関車を外して、蒸気機関車になった。雪は今まで通った所より浅くなっているらしいが、雪景色に変りはない。蒸気機関車C59の豪壮な汽笛の音が、暮れかけた雪原にこだまして、汽車は行く手の暗い闇の中へ走り込んだ。

六

新潟に著いたので、座席から起ち上がり、降りようと思う。起ち上がったので、窓の外から状阡《じょうせん》君が私を見つけたらしい。硝子《ガラス》戸越しに会釈《えしゃく》をして、デッキの方へ走って行った。

山系には連れが出来ている。一つ手前の停車駅新津まで、管理局の若い職員が出迎えてくれた。山系の顔馴染《なじ》みであって、全く日本中どこへ行っても山系の知り合いがいるのは不思議である。

「貴君《きくん》達は一緒に先へ降りたまえ」と云っておいて、後から出て行った。

デッキの降り口に状阡がいて、手を差し伸べている。どうしたのだろうと思ったが、足許《あしもと》があぶないからだと云う。デッキで見ると汽車の横腹に吹きつけた雪が食っついているし、踏み段にも雪がある。そうしてホームが低いから少し降りにくい。ホームに雪はないけれど、今解けたばかりらしい雪水の泥が流れている。足許があぶなくない事はない。だから状阡が手を貸してくれようとしている。しかし、大丈夫大丈夫と云うつもりで降り掛けた所を、ぴかりとフラッシュを焚《た》かれた。鋭い閃光《せんこう》で目先が見えなくなってしまった。

こんな筈《はず》ではなかったと思うけれど、止《や》むを得ない。土地の新聞記者がホームを並んで歩きながら、色色の事を尋ねた。つかまった以上、観念はするが、返事の仕様のない事ばかり聞くから、黙っていた。状阡が気を揉《も》んで、私と新聞記者が並んで行く間に這入り、君そんな事を聞いたって仕様がないよ。もういいよ、と邪魔をする。

駅長室でもう一ぺんフラッシュを焚いた。二言三言お相手をして、もういいだろうと云う事にした。外へ出たら雪が降っている。自動車が走り出したら、すぐ萬代橋にかかった。

萬代橋は混凝土《コンクリイト》の長橋である。下を流れる信濃《しなの》川の水は暗くて見えない。この前、何十年昔に来た時は、駅から人力車に乗ってこの橋を渡ったが、その時は木橋であった。橋の真中辺りへ来た時、車夫が左手の方を指して、あっちの遠くに明かりが見えるでしょう。あれはインユウギュギュの燈です、と云ったのを今でも覚えている。遠洋漁業と云うのが、そう云う風に聞こえるのか、もともとそう云っているのか、そう云う発音に馴染みがないので、私には解らない。

大きな宿屋に著いた。折れ曲がった廊下の一番奥にある二間《ふたま》続きの広い座敷に通された。出掛ける前、状阡君《じょうせん》から、この宿の二階の一番いい座敷が取ってあると知らせて来たが、二階は好きでないからとことわった。見晴らしはなくてもいいから、庭が眺められる下の座敷にしてくれと頼んだ。

外が暗いので、硝子《ガラス》戸越しの庭の様子は見えないけれど、中から洩《も》れる明かりで、一面に雪をかぶっているのは解る。ぐるりの屏《へい》の上にも雪があるらしい。駅から来る途中の往来では、それ程目につかなかった。

座敷の床の間に炬燵《こたつ》がある。さあどうぞと云うけれど、私は炬燵には這入りたくない。山系君も好きではないらしい。二人共横目に見て、火鉢の傍に端坐《たんざ》した。

一緒に来た状阡君と久闊《きゅうかつ》を叙《じょ》した。尤も久闊と云っても、少し前まで彼は東京にいた。東京にいる時私の家で一献し、酔っ払って、彼の家に留守をしている細君を近所の電話まで呼び出した。その時私が電話口で君ヶ代を歌って聞かせた事がある。その電話のある家の奥さんを、その時私の所で一緒にお酒を飲んでいただれかが、おかみさんと云ったと云うので逆鱗《げきりん》に触れ、それから後は電話を貸して貰《もら》えなかったそうである。

状阡は私の学生だから、昔からの古いつき合いであるが、状阡夫人にはまだ会った事はない。彼女の方で私の君ヶ代を聞いているだけである。今夜は状阡夫人を招待し、状阡夫妻のお相手をして一献しようと思う。何しろ、矢っ張り、疲れている。早くそう云う順序にしたい。

著物《きもの》に著かえようと思っていると、応接間に新聞記者が来て、待っていると取り次いだから面喰った。全くそんな筈はない筈だと思う。どうしてここに泊まった事が知れたろうと云うと、こっちの自動車の後からついて来たと云っていると云う。

私なぞインタアヴィウを受けても、仕様がないと思う。少くとも先方の取材の対象にはならないだろう。しかしそうしてやって来たのも粋狂《すいきょう》ではあるまい。私が好きで、又は私に特別の興味があって、付き纏《まと》うのではなく、多分上役の命令で止《や》むを得ずやって来たに違いない。先方の仕事を無下《むげ》に遮るのはよくないと考える事が出来る。著物を著換えるのをよして、玄関脇《わき》の応接間へ出て行った。

さっき駅にいた若い記者である。

「驚いたね。さっきでもう放免かと思った」

「もう少し話して下さい」

「何を話すのです」

「何でもいいです」

「頭の中が散らかっていて、なんにも話す事はない」

「新潟へなぜいらしたのです」

「なぜだか解らないが、来た」

「目的は何です」

「目的はない」

「何と云《い》う事なく、ただふらりと、そう云う事もありますね」

「あるね」

「まあそう云う風にやって来られたとして、しかしこうして新潟に著かれた上は、これからどうなさるのです」

「どうするって、どう云う事」

「つまり、御計画を聞かして下さい」

「そんな君、無理な事を云って、計画なぞと云う気の利《き》いたものは、持ち合わせていないから駄目だ」

「何かあるでしょう。例えば明日はどうするかと云う様な事」

「それは今晩寝てから考える」

「新潟をどう思いますか」

「どうも思わない」

「何か感想があるでしょう」

「汽車が著いて、自動車に乗せられて、ここへ来たばかりだから、ないね」

「萬代橋を渡られたでしょう」

「それは今渡ったばかりだからな。萬代橋は長いね、と云えば感想の一端になりそうだが、もうよそうじゃないか。下らないから」

「新潟は初めてですか」

「初めてではない」

「この前来られたのは、いつですか」

「それがはっきりしないのだが、何十年も昔の話で、大正十二年の大地震よりまだ何年か前の事だ」

「その時の御感想はどうでしたか」

「余り古い事なので、忘れてしまった」

「何か思い出して下さい」

「矢っ張り萬代橋を渡ったが、木の橋だった所為《せい》か、今より長かった様な気がする」

「僕が生まれるより前の事だからな」

若い新聞記者が、何となく遠い顔附《つ》きをした。

「阿房列車の取材ですか」

知らないかと思ったら、そんな事を云い出した。

「それは家に帰って、机の前に坐《すわ》ってからの事で、今ここでこうして君のお相手をしている事と丸で関係はない」

「でもそうなのでしょう」

「そうでないと云う必要もないし、そうだと考える筋もない。要するにそんな事は、後の話さ」

「そうですか」

「帰ってからの事だよ」

そこいらで御免を蒙《こうむ》った。

七

面倒だからお風呂《ふろ》は省略して、しかし襯衣《シャツ》を著ているとお酒がまずいから、素肌になって宿の浴衣《ゆかた》と縕袍《どてら》を著た。女中がそれではお寒いだろうと云って、その上からちゃんちゃんこを著せてくれた。大きな火鉢を幾つも置いて、炭火がかんかんに起こしてあるけれど、何となく底冷えがする。庭に雪があるのだから仕方がない。

状阡《じようせん》夫人も著到して、賑《にぎ》やかなお膳《ぜん》が始まった。東京にいても、新潟へ来ても、お酒を飲んでいれば、云う事はない。山系は状阡と東京以来の知り合いである。遠慮はないし、又頼まれても遠慮なぞするたちではないが、今夜は稍《やや》おとなしい様である。おとなしければ、それだけ余計にお酒を飲んでいると云う勘定になる。

銘銘の杯の外《ほか》に、別に盃洗《はいせん》の中へ幾つも杯がつけてある。状阡は無暗《むやみ》に人に杯をくれたがる献酬の名人だが、この頃《ごろ》はその癖がなおったのかも知れない。今夜はちっともうるさくない。その目の前に盃洗がある。状阡流では自分の杯を人によこすのであって、今夜の盃洗の趣旨とは違う。この盃洗の杯のサアヴィスを見ると、自分のは自分で取っておいて、つまり自分の前を空にすることなく、別に人に杯を差す事が出来ると云う、行き届いた様な無意味な思いつきらしい。しかしこんな事をする所から見て、こちらでは矢張り宴席の献酬が盛んなのだろうと云う事を想像する。

何だか、がやがや口の止みこなしにしゃべったが、何をそんなに云ったかと云う事は勿論《もちろん》知る筈がない。忘れたのでなく、云ってる時から知らないのである。その内に状阡がいい御機嫌になって、私共が敬遠している炬燵にもぐり込んだ。今夜は、かあさんがいるから大丈夫だよ。一寸《ちょっと》寝なさいと云うか云わないかに、すうすう寝息を立てた。

彼が寝ている間も、私と山系は杯を措《お》かず、状阡夫人を相手に饒舌《じょうぜつ》を止《や》めなかった。彼女はお酒は飲めないが、おつき合いなら辞せずと云う風であったのは、彼が寝ている間じゅう、彼の悪口をそのフラウに注ぎ込んだからだろうと思う。

状阡が目をさましてから、お開きにした。もう大分遅い。夫婦手を携えて帰って行った。家へ帰ってから喧嘩《けんか》をしたかどうか、それは知らない。

翌《あ》くる日はお午頃《ひる》に起きた。半晴半曇のお天気で、庭の雪景色の割りには暖かい。午後になって状阡がやって来た。彼は大きな保険会社のこちらの支店長なので、出這入《では い》りは勝手なのだろう。山系と将棋をさし出した。私は炬燵を横目に見て、端坐している。将棋なぞ面白くもない。なぜと云うに昨夜の飲み過ぎで、頭の奥とか胸の中とか、そう云う限られた所でなく、私の身のまわり一帯が陰鬱《いんうつ》である。どっちが勝っているのか、負けそうなのか知らないが、二人共六《む》ずかしい顔をして、押し黙っている。そこへ山系の迎えの自動車が来たと知らせて来た。

山系君があわてて支度をして出掛けた。管理局へ挨拶《あいさつ》に行ったのである。その後で食いさしの将棋を私がしゃぶる事になった。随分長い間掛かって負けた。私が負けたのは、状阡が勝っただけの事だから構わないが、状阡が余り理詰めの手ばかり指すので、頭がこちこちになって、座辺に揺曳《ようえい》する宿酔《ふつかよい》が凝固した様な気がした。

じきに山系が帰って来て、状阡が一先《ひとま》ず去って、晩を待つ順序になった。その間何も用事がないから、今日はお風呂へ這入った。尤《もっと》も用事がないと云うのは、起きてから今迄《まで》だって何も用事があったわけでなく、これからもあるわけではないから、そう云っても意味はない。しかし用事がない間にも、まだもっと用事がないと云う境涯はある。「だからお風呂へ這入った」と云う、その理詰めの考え方がいけない。

宿屋の風呂は大概広いから寒い。私は熱いのがきらいで、まだよく沸かない内に案内させるから、なお寒い。湯上がりの素肌に、硝子《ガラス》戸の隙間《すきま》から庭の雪風が沁《し》みる。いい心持なのではない。寒い。

夕方は管理局のお客様が来る。大変えらいのと、その次にえらいのと、まだそんなにえらくないのと、三人よんである。その席に状阡君も、もう一晩つき合って貰う様にしてある。今晩は山系君が発揚するだろうと、予《あらかじ》めそう思う。

忽《たちま》ち賑やかな事になって、昨日は役をしなかった盃洗の水の中の杯が、今夜は頻《しき》りに活躍する。歌を歌い、起き上がって踊り、山系も果して曖昧《あいまい》節を張り上げる。大変えらいのが、私は知らなかったけれど、郷里の後輩だったりしたので、なお更そんな事になった。二階のお客様が怒っていたと、翌日になって女中がそう云った。それは済まなかった。つい羽目をはずして悪かったと云うと、いいえ大変面白くて結構でしたと云う。奥羽阿房列車《おううあほう》の時は、秋田の宿で女中に叱《しか》られた。以後心得なければいけない。

翌日見た宿屋のつけに、自動車代が幾筆かあって、一番高いのは随分高い。女中が説明して云うには、お客様が乗っていらした分はそちらで済んでいるから、これはその代金ではない。ここに書き出したのは、呼んでおいて、待たしておいて、到頭乗らずに帰した自動車の分です。

八

新潟へお酒を飲みに来たわけではない。しかしその外《ほか》に何かしに来たわけでもない。雪は途中で堪能《たんのう》したし、来て見れば道ばた一米《メートル》と云う程の事もない。尤も二晩前にこの宿の玄関に著《つ》いたなり、一足も外へ出ないから、町の様子は知らないが、駅からここへ来る途中見たところでは、雪に埋もっていると云うのではない。

もう帰ろうと思う。帰りの汽車は急行「越路《こしじ》」の上り、七〇二列車である。新潟発は午後の一時二十分で、矢張り大体昼間の内、雪原の中を走り続ける。

宿から駅に行く自動車を、途中ぐるぐる廻らして、どこかを見せようと云う状阡君の算段である。走って行くと、道ばたに雪がある。深くはないが積もっている。鋪装《ほそう》道路でない所では、解けかけている雪が赤い。新潟の雪は赤いね、と云うと、状阡君が赤土の所為《せい》でしょうと教えてくれた。

新潟神社の丘から、日本海の大浪を見た。佐渡海峡だそうだが、曇っていて佐渡は見えない。

それからまだ、どこだかぐるぐる廻って、管理局へ寄って、昨夜の諸君に会って、駅へ出た。いらないと云うのに、見送ってくれた。そうして発車した。

来る時に大きな氷柱《つらら》を見た小出《こいで》駅の手前に、等身よりもっと大きな雪人形が、線路に沿って幾体も立っていた。いい手際《てぎわ》だけれども、何となく変なところがあって、気味がよくはない。昔、中学生の時、英語の教科書に伊太利《イタリー》のアントニオ・カノヴァの事が載っていて、カノヴァがチーズだかバタだかで、塑像《そぞう》を彫ったと云う事を教わった。その真似《まね》をして、器用な友達が蠟《ろう》のかたまりに半身像を彫り、いつまでも四角い目ざまし時計の上に置いていたら、次第に目鼻だちがわからないのっぺらぽうになった。その友達は早死した。沿線の大きな雪人形を見て、遠い昔のアントニオ・カノヴァの事と蠟の塑像を思い出した。

それはいいけれど、いろんな物を貰《もら》って、お土産が多過ぎて、始末が悪い。

「貴君《きくん》どうしよう」

「多過ぎますね」

「捨てるわけにもいかないし」

「お酒の罎《びん》が邪魔なのです」

「それではなお更捨てられないだろう」

「いいです、持って行きます」

座席の上でもそそと、荷物の包み換えをしている。

状阡が時時新潟のお菓子を東京へ届けてくれる。そのお礼を云うつもりで、新潟のお菓子にろくな物はないと、ついそう云ったから、お菓子でなく餅《もち》をくれた。餅だからそれが又馬鹿《ばか》に重たい。お酒だの餅だの、厄介な荷物ばかりで上野に著いた時の事が思いやられる。

汽車は来る時と同じ調子の軽い足どりで、雪原の中を走り続けた。

車窓から見る半晴の空の向うがすいている。空の境に連なる群峯《ぐんぽう》をぬきんでて、聳《そび》え立った山の頂の雪に、遠い日がきらきらする。

雪解横手阿房《あほう》列車

一

新潟から帰って来て、間を三日置いて、四日目に又奥羽《おうう》の横手へ出掛けた。阿房列車に魔がさしたわけではないが、雪が解けない内に行って見たいと思ったので、気がせく。

新潟でも横手でも、雪のある所は寒い。東京は漸《ようや》く少し暖かくなり掛けたところである。わざわざ寒い所へ出掛けて、風を引かないかと心配してくれる者がある。天皇陛下は、毎年寒い冬に葉山へお出掛けになって、よく風を引かれる。葉山が暖かいからお風を召すので、寒ければ風を引かない。寒い新潟や横手は、途中から雪が積もっている。私なぞの様な雪景色を見馴《みな》れない者は、白皚皚《はくがいがい》たる車窓の外を眺めただけで身が引き締まり、ぎゅっとした気持になるので、風なぞ引かない、だろうと思う。風を引かないなら、行って見て寒いのは自業自得《じごうじとく》だから、構わないつもりにする。

横手にはこの前、一昨年《おととし》秋出掛けた時の奥羽阿房列車で泊まった。だから曾遊《そうゆう》の地である。阿房列車を同じ行き先へ二度も仕立てると云《い》う事は、大体考えてはいないが、ただこの横手と、もう一つ、熊本の先の八代《やつしろ》とへは、重ねてもう一遍行って見たいと思う。

横手は雪の深い所だそうで、この前行った時聞いた話では、その時分になると、雪のない所は駅の構内だけ、町じゅう一帯が雪に埋もり、自動車も使えない。自動車の運転手はその間転業する。交通運輸は人でも荷物でも、橇《そり》で運ぶと云うので、私は生まれてからまだ橇に乗った事がないのみならず、橇と云う物を見た事もないから、面白そうだと思った。

それで去年の冬は、雪のある内にもう一度横手へ出掛けようと思ったが、そう思っている内に暖かくなってしまった。雪が解けたかも知れないし、解け際《ぎわ》に大きな雪崩《なだ》れがあっては、こわい。現にその時分、奥羽本線の横手の手前で、汽車が立ち往生したと云う新聞記事を読んだ。

そうして又今年の冬になった。雪が積もっているだろう。今年こそは行って見ようと思っているのに、どうした風の吹き廻しだったか、新潟の方へ先に行ってしまった。

昔、学生時分の話でなく、ちゃんと一人前になってから、早稲田《わせだ》の終点に近い砂利場と云う所の下宿屋にもぐり込んで、息を殺した事がある。下宿のおかみさんが、時時頓興《とんきょう》な声を発する。あれ、あれ、あれ、あの鰺《あじ》を今しまっておこうと思ったんだけど、猫が持って行ってしまった。

お勝手のあすこの戸を、今閉めておこうと思ったんだけれど、裏の雞《にわとり》がみんな上がって来て、だしの煮干しを食べてしまった。

先生さんに早くそう云っておこうと思ったんだけれど、今月の下宿代をどうしてくれる、と云う。

横手に雪が積もっている内に、早く行こう、行こうと思ったんだけれど、大分遅くなって、明日はもう三月である。旧暦の小正月で、今夜はお正月の十五夜に当たる。寝台車の窓からまんまるいお月様が見えるか、どうかわからないが、乗った汽車が月夜を走って行くのはいい。

今日は朝から上天気で暖かい風が吹き、午後遅く少し雲が出たが、矢張りお天気はいい。今度は夜汽車である。成る可《なべ》くなら、窓の外の景色が見られる昼間の汽車にしたいと思ったが、上野横手間にそう云う都合のいい発著《はっちゃく》はなかった。

夜九時三十分上野発の四〇一列車、二三等急行「鳥海」の寝台車で行く事にした。「鳥海」に寝台はなかったのだが、この頃になって聯結《れんけつ》したらしい。半車の寝台車であるけれど、半車と云うのは寝台が半分になっているわけではないから、それは一向構わない。

夜の出発だから、ちっとも忙しくない。悠悠閑閑として日の暮れるのを待ち、暗くなってからもゆっくり時間を過ごして、少し早目に出掛けた。出直し横手阿房列車の編成が、ヒマラヤ山系君と同行二人なる事は、従前と変りない。

家から出掛ける前、何をするにも時間をたっぷり掛けて、あわてる事はなかったが、日日の晩の順序の中で一つ省略した事がある。山系君も私もまだ今日の夕食をしていない。夕食は私に取っては、一日にたった一度のお膳《ぜん》であって、朝は食べないと云っても、寝ているから食べられる筈《はず》がない。昼は遅午《おそひる》にして、食べて食べられない事はないが、多年の経験で考えて見て、折角起きて来たのに、お膳の前に坐《すわ》り込んで時間を潰《つぶ》すと云うのは、全く意味がない。空襲の当時と違い、何でも食べる物はあるから、何も食べなくてもいい。御飯を食べるのは惰性に過ぎない。だから昼飛びで済まして澄ましている。

しかし、そうすると腹がへる。肉感の中で一番すがすがしい快感は空腹感である。その空腹感を味わいながら、晩のお膳を待つ。一日に一ぺん位お膳に向かっても、天を恐れざる所業ではないだろう。そこで成る可く御馳走《ごちそう》が食べたい。それを楽しみに夕方の時を過ごす。冬と夏では多少違うが、大体私の夕食は九時頃である。「鳥海」の発車は九時半だから、汽車が動き出してからにしても、いつもの時間よりそう遅いと云う事はない。

「鳥海」は半車の寝台を聯結したけれど、食堂車はまだない。だから汽車が出てから食事をするには、お弁当を持ち込まなければならない。成る可く御馳走がいい。しかし荷物になるのは困る。その兼ね合いは家の者に任せる事にした。

前前からの読者は、じれったく思うかも知れない。よそ事を云って、お酒はいらないのかと云うだろう。今その事を話すところであって、それが中中簡単に考えられない。容《い》れ物はある。鹿児島阿房列車の時、買って行った魔法罎《びん》が二本ある。それに家からお燗《かん》をした酒を入れて行く。酒の肴《さかな》はお弁当のおかずである。それで萬端《ばんたん》との ったが、ただそれを取り出して、一献する場所がない。山系君と二人で二本の魔法罎を空にするには、大分時間が掛かる。又そう急いで済ませたくはない。話しもするだろう。歌を歌ったり、騒いだりはしないけれど、何しろまわりに人がいるから気がひける。普通の座席で、特別二等車の様に二人きりに仕切られているなら、はたから少少お行儀が悪いと思われても、人の思惑《おもわく》をこちらで我慢する気になれば、まあそれで済むかも知れない。しかし、寝台車の中へお酒を持ち込み、一等寝台のコムパアトなら何の文句もないが、ぐるりに他のお客がいる二等寝台のカアテンの中で酒盛りを始めていいか、どうかと云う事になると、疑問がある。

そう云う事を慮《おもんばか》って、寝台車の下段が、山系君と向かい合わせになる様な番号を取って貰《もら》おうと思ったが、それは先約があって叶《かな》わなかった。山系君は私の上の上段に寝る事になった。その上段へ上がって行って始めれば、二階の宴会と思う事も出来る。しかし上段は狭くて窮屈で、寧《むし》ろ天井裏の酒盛りと云った趣きになる。矢張り下段でなければいけないだろう。下段はカアテンの前を人が通る。気が散って、おちおち飲んでいられないかも知れない。近隣への遠慮は極力声を低くする様に心掛けるとしても、少し廻って来れば自制がゆるむ事は、永年の経験で承知している。隣りのカアテンの中から、うるさいなぞと声を掛けられたら萬事休する。寝台車のお客と云うものは、中へ這入《はい》るとすぐに寝てしまうらしい。窮屈で、起きていてどうする事も出来ないから、止《や》むを得ず寝るのかも知れないが、又算盤《そろばん》ずくで考えて、高いお金を出して寝台券を買ったのだから、寝台車に乗ったら、寝なければ損だと云うので、横になり、眠たくないのに目をつぶっているかも知れない。そう云うのが、酒盛りなぞしている声を聞くと、怒り出す危険がある。

二

定刻より大分前に乗車した。寝台ボイが出迎えて、私共の寝台に案内し、手廻りに必要でない荷物は預かってくれた。寝台車の中には、そう云う物を置く場所もない。預けられない大事な物は、弁当の包みと二本の魔法罎である。これはいいのだ、今いるのだと云ったら、ボイがお辞儀をして行った。

寝台車には喫煙室がある筈だから、人が使っていなかったら、そこを占領して開宴してもいいと、一先《ひとま》ずは考えたが、半車にそんな設備はないかも知れないと思い返した。そう思った儘《まま》、どこでどうするか気持がきまらないなりに乗って見たら、ボイ室の隣り、洗面室の前に二人席の小さな喫煙所があった。

喫煙所に灰皿があり、吸いさしの煙草《たばこ》が差してあって、どうもボイが使っているらしい。一先ずその喫煙所に山系君と並んで腰を下ろし、なぜと云うに、まだ寝る気もしない時カアテンを垂らした寝台を見ると、むさくるしくて、陰鬱《いんうつ》で、そんな所にいるのはいやだから出て来て、一服しながら、通り掛かったボイを呼び止めた。

君、相談があるのだが。はい、何で御座いますか。この喫煙所は君が使っているのかい。いいえ、よろしいので御座います。しかし君の場所なのだろう。ボイ室にはお客様からお預かりした荷物が置いてありますので、こちらが空いている時は、ここで休んで居《お》りますけれど、よろしいので御座います。まだあちらに休む所がありますから。

それでは、ここを使わして貰おうかな、と云うと、どうぞと云ってお辞儀をして、行きかけるから、もう一ぺん呼び止めた。

実はね、ボイさん、僕達はまだ晩の御飯を食べていないのだよ。弁当は持っている。発車して、ここいらがざわざわしなくなったら、始めたいと思うのだ。それが君、弁当を使うだけではないから、苦心しているのだ。お酒が飲みたい。この魔法罎がそのお酒だ。だから君に預けるわけに行かなかったのだよ。余り遅くならない様に心掛けるけれど、そう早くも済まないと思う。それで遠慮しているのだが、それでは、ここを使って始めて、いいかい。

どうぞ、御ゆっくり。

それで解決して安心した。発車を待つばかりである。

しかし車内が暖か過ぎる。暖房が利《き》き過ぎてむんむんする。今日は朝から暖かくて、晩出掛ける前は、ストウヴを消してもちっとも寒くなく、十八九度を下がらなかった。障子を開けると外の方が暖かい位の陽気だったのに、車内は厳寒のつもりでスチイムを通している。これから発車して山に掛かれば、雪があって寒いかも知れないけれど、こうして上野駅のホームにじっとしていて、こんなに暖かくては、気がちがうだろう。気ちがいになっても構わないが、弁当の中の御馳走が腐ってしまう。貴君《きくん》、その包みをどこかへやっておかなければ駄目だよ。

私共は余程早く乗り込んだので、今までゆっくりしたが、そろそろ他のお客が這入って来出した。温気《うんき》に蒸されながら我慢している喫煙所の前を人が行ったり来たり、何だかそわそわして来た。

そこへ今夜も亦《また》、見送りが二人来た。全くのところ、却《かえ》って恐縮の極致であるが、来る方の虫の所為《せい》だから、いかん共なし難い。昼間の汽車ならまだしも、夜の寝台車へ這入って来られて、自分の寝床へ案内するわけにも行かず、又寝台車はあらかじめ窓を下ろし、遮光のカアテンが引いてあるから、霊柩車《れいきゅうしゃ》の様な趣きで、車外と車内で話しをすることも出来ない。止むなく先方も中へ這入って来る。時間が迫るにつれて、狭い通路が混雑する。その中で見送りの紳士に応対する。気が気でないから、結局こちらから車外に出開帳《でかいちょう》し、ホームに起《た》って発車までの時間を潰す事になる。そうしてお見送りの労を謝する。

三

汽笛一声動き出したから、始めた。

二人並びの狭い座席に、二人で並び、だから弁当を置く場所がないので、膝《ひざ》の上に置き分けた。魔法罎は背中寄りの所へ置き、一一《いちいち》手を伸ばして引き寄せて注いだ。

うしろの窓のカアテンは揚げておいたけれど、外が暗くはあるし、お月様は見えず、何しろ真後《まうしろ》なので振り向かなければ何も見えないから、外を見る事はあきらめた。目の前の、通路を隔てた洗面室の緑色のカアテンが、あまり暑いのでそこの窓を一寸許《ちょっとばか》り開けた隙間《すきま》から吹き込む風にあおられて、ひらひらするのを眺めながら、献酬する。酒の肴は、鶉《うずら》の卵のゆで玉子、たこの子、独活《うど》とさやえん豆のマヨネーズあえ、雞団《とり》子、玉子焼、平目のつけ焼と同じく煮〆《にしめ》等である。

「山系君、面白いねえ」

「何がです」

「汽車が走って行くじゃないか」

「そりゃそうです」

「だから面白いだろう」

「なぜです」

「なぜと云う事もないが、矢っ張り走って行くぜ」

「そのお猪口《ちよこ》でいいですか」

「少しこぼれそうだな、揺れるから」

「こっちのと代えましょう」

「それは大き過ぎる」

「一ぱいじゃなく注ぎましょう」

「貴君《きくん》は知らん顔しているけれど」

「何です」

「貴君《きくん》は寝言を云う」

「僕がですか」

「飛んでもない大きな声で、僕は胆をつぶした」

「いつです」

「こないだだよ」

「うそでしょう。僕は何も云った覚えはありません」

「新潟の宿で、僕がまだ起きていたら、隣りの部屋から襖《ふすま》越しに大きな声をするから」

「何と云《い》いました」

「寝言を云ったと云う事を話しているので、寝言の内容は問題じゃない」

「そりゃ、うそです」

「それで隣室から僕に何か云ってるのかと思ったから、返事しようかと思ったが、待て暫《しば》し」

「本当ですか」

「人の寝言に返事をしてはいけない、受け答えをするものではないと云う事を、貴君《きくん》は知っているか」

「知りません」

「よく心得ておきなさい。こっちが受ければ、いくらでも後を云うものだ」

「そうですか」

「そんな罪な事をしてはいけない。するものではない。だから僕は黙っていた」

「そうしたら、どうしました」

「そうしたら黙ってしまった」

「うそでしょう。うそですね」

「本当だよ、貴君《きくん》。しかし何を云ったかは解《わか》らない」

「僕は何も云いませんもの」

「云いましたとも。大いに論ずる様な口調で、憤慨してたね」

「どうも、うそだ」

「云ってる言葉は判然しなくても、その総和としての口調と云うものがある。貴君《きくん》が社会だか人類だかに対して、腹を立てていた事を諒解《りようかい》したよ、僕は」

「そんな事はありません。僕は寝言なぞ云った事はない筈《はず》です」

「なぜ」

「云わない筈です」

「どうして」

「云う筈がないのです」

「それでは、云わないと云う証憑《しようひよう》にならない。寝言を云わざれども、寝言を聞かせる廉《かど》に依《よ》り」

「何です」

「幼年学校の生徒が、便所に這入って煙草を吸ったのだ。幼年学校は喫煙厳禁なのだよ。最後の一口を吸って、吸い殻を壺《つぼ》に捨てて、戸を開けて出て来た出合頭《であいがしら》に、週番士官が通り掛かったから敬礼したら、口から少し煙が出た。煙が口の中に残っていたんだろう。お前は煙草を吸ったかと週番士官が云う。もう吸い殻は捨ててあるから、いいえ、煙草は吸いませんと云った。週番士官が行ってしまって、後で呼び出された。喫煙セサレトモ、口ヨリ煙ヲ吐キタル廉ニ依リ、重営倉五日ニ処ス。そう云う話なんだ。気をつけろ、貴君《きくん》」

「どうするのです」

「今夜、上段の寝台から何か云うと、人がびっくりするから」

「云いませんよ。それに、音がしているから大丈夫です」

「少し、云うかも知れない様な気がして来たらしいね」

「うそです、そんな事は。僕は今までに寝言を云った覚えはありません」

二本の魔法罎《びん》が目出度く空になった。別に後口に持って来た麦酒《ビール》も飲んでしまった。少し足りない。しかし次の停車駅でお酒を買えと云うのも面倒臭い。第一、ボイはここを明け渡してどこかへ立ち退《の》き、さっきからちっとも顔を見せないから、どこにいるか解らない。

もうよそうよ、と云った。それで納杯《のうはい》にしたと云っても、一粒一滴なくなっているのだから、片づけるより外に、する事はない。そこいらを綺麗《きれい》にして、空いた物を始末して、寝台へ引き上げた。さあ寝ようと思う。明日は朝が早い。八時六分に横手へ著《つ》く。飛んでもない時間で、迷惑この上もないが、途中脱線でもしない限り、走って行って著くものは仕方がない。その前に起きるより外に方法はない。山系は天井裏のどぶ鼠《ねずみ》となる可《べ》く、梯子《はしご》を攀《よ》じてごそごそと上がって行った。

四

まだ寝つかない内に、どこかの駅に著いた。紅毛人が三人、無遠慮な大きな声で南《なん》蛮鴃舌《ばんげきぜつ》を弄《ろう》しながら、深夜の車中に足音を立てて這入《はい》って来た。

二人は下段に寝た様である。上段に上がった一人はいつ迄《まで》も寝ないらしい。大きな声で上から下のカアテンの中の相棒に話し掛ける。うるさくて仕様がないから、カアテンを寄せて覗《のぞ》いて見たら、一ぱいに開けひろげた寝床の上で、寝台燈《バアスランプ》を煌煌《こうこう》とともした儘《まま》、毛の生えた太い裸脚《はだかあし》を、にゅっと横たえ、股《また》のあたりを撫《な》でて、何かわめいている。

大分経《た》ってから、やっと静かになった。もう寝たのだろう。この汽車は大変揺れる。特に通過する駅の前後がひどい様である。転轍《てんてつ》の所為《せい》ではない。その前後の線路だと思う。眠くなったけれど、よく眠れない。しかしねむたい。寝たかと思うと目がさめる。寝台が揺れて、物音がする。勘違いして地震かと思ったわけではないが、びっくりする。そうして目がさめる。さっきの上段の紅毛人の見当で、二言三言、大きな声がした。今度は寝言だろう。起きていた時から、何を云ってるのか解らなかったが、唐人の寝言ではますます解るわけがない。

夢うつつの間に、随分長いトンネルがある様に思った。福島米沢間の勾配《こうばい》は電気機関車で越したのだそうだが、そのつけ換えの時ちっとも知らなかった。よく寝られないと思いながら、よく寝ていたのだろう。

新庄、院内の間で目がさめた。新庄は六時半、院内は七時半である。もう寝なおすわけに行かない。横手が近い。その覚悟で起きなおり、窓のカアテンを引いたら、外は野も山も深い白雪におおわれて、黒い物は立ち樹《き》の幹ばかりである。こないだの新潟の途中の景色と変らない。東京のこの頃の春暖から考えて、不思議な気持がする。雪にしろ、矢張り、ある所にはあるものだと感心する。

雪をかぶっていても、遠くから見る山の姿は見覚えた儘であって、そうだろうと思ったら曾遊《そうゆう》の横手に著いた。

この前の時懇意になった駅長さんがホームに出ている。阿房列車は行く先先に予告する事を成る可《なるべ》く避けて、人に待たれないのを立て前にしているが、今度は違う。自ら選んで同じ所へ二度来たのだから、知り合いもあるし、宿屋も馴染《なじ》みである。それを避けて別の所へ、知らん顔をして泊まるなぞ余計な気苦労をする程の事もない。だから、どうせその積りで来るのだから、立つ前に知らしておいた。

「鳥海」の横手駅の停車時間は八分である。乗客が大勢降りてきて、一昨年《おととし》の秋私共が蕎麦《そば》の起《た》ち食いをした売店の廻りに人垣をつくり、丼《どんぶり》を片手に持って蕎麦のかけを食べている。横目で見ながら駅長さんと並んで通り過ぎる時、蕎麦の上に卵を掛けたのが目についた。朝の光りで、上に丸く乗った、まだ潰《つぶ》さない黄身《きみ》がきらきらと光った様だった。

秋田の管理局から、若い職員が二人、わざわざ横手まで来て、出迎えてくれた。両君とも秋田の秋雷の宿で、歌を歌って女中に叱《しか》られた時以来の旧知である。上段の天井裏から降りて来た山系は、寝不足でもなさそうな顔をして、専《もっぱ》らその二人に構っている。

横手には岡本新内と云う名物がある。今度はそれを私に見せようと云うので、立つ前からその打合せはあった。その事に就き、私共をよんでくれようと云う人の使が矢張り駅に来ている。近づいて来て挨拶《あいさつ》して何か云うのだが、どうもよく解らない。寝不足ではあるし、先方に悪いけれど、いくらか、むしゃくしゃする。その使者は又山系君をつかまえて、何か弁じている。山系が私の傍に来て、その旨《むね》を伝える。岡本新内を今晩見せようと云うのである。見るのか、聴くのか、そこはよく解らない。新内の地《じ》で踊る新内踊だそうで、その語り手が有名なのだから、寧《むし》ろ聴く方が主なのかも知れない。

しかし今晩は私の方の予定で、秋田管理局の今朝来てくれた二人と、外にもう一人、〆《しめ》て三君をよぶ事にしている。駅長さんにも同座を願ってある。だから駄目だと云うと、新内の側の都合は、明日では繰り合わせがつかない。今晩でなければ困る事情だから、是非そうしてくれと云う。

寝が足りないので、暫らくむっとしていたが、思い返して見る迄もなく、抑《そもそ》も先方の好意の申入れである。釈然として今晩のお招きに応ずる事にした。私の予定は、まだそこにいる秋田の両君に打ち合わせて、明日の晩に延ばした。使の人がほっとした面持ちで、非常に喜んだから、済まなかったと思う。これ皆、寝不足のなせるわざであって、その寝不足の原因は、横手著《ちゃく》の時間が早過ぎるのが第一、それから夜半の紅毛人の不作法と、寝台が馬鹿《ばか》に揺れたのと、しかしみんな横手の岡本新内とは関係がない。

一昨年《おととし》の秋泊まった宿へ自動車で行く途中の往来の雪は、新潟の比ではなかった。

積もった雪で道が高くなっている。だから両側の店屋は低い所にある。自動車の窓から店の中を見下ろす様な工合である。しかしそれでも已《すで》に雪解けの季節になっているので、自動車は通る。橇《そり》に乗って行くのかと思ったが、そうではなかった。

宿屋に著いて、この前の時と同じ座敷に通された。この前は秋田から来て、宿に落ちつく前に、岐線の横黒《おうこく》線に乗り換え、雨中の紅葉を見て来た。それで宿屋へ著いた時はもう暗くなっていたが、今日は朝であり、お天気は好《よ》く、障子に朝日が射《さ》している。座敷の中が、けばけばしく明かるい。楣間《びかん》に掲げた木堂《ぼくどう》の扁額《へんがく》もこの前の儘で、その他、座敷の隅隅に馴染みが残っているが、この前の時より、座敷全体が何となく草臥《くたび》れている。夜暗くなってから初めて通された時の記憶と、朝っぱら寝不足の目に朝日を受けて見た感じとは違うのが当り前で、それに座敷も一年半たてば、それだけ歳《とし》を取っているだろう。

障子の外は雄物《おもの》川の上流であって、その川音が聞こえる。一昨年《おととし》の秋は水が少く、せせらぎを聞いたが、今は雪解けの水を混混と湛《たた》えて、両岸の雪を浸しながら流れている。雄物川の上流と云っても、この横手の川が流れて行って雄物川に這入るので、本流ではないと云う事を今度教わった。それ迄のこの辺りの川の名は旭《あさひ》川と云うそうである。

今は旧暦の小正月で、昨夜は満月の正月十五夜であった。横手に「かまくら」と云う行事があって、その話はこの前来た時にも聞いたが、今、駅から来る途中、道ばたで幾つも見た。雪で造った小さな雪の家で、旧正月十五日の晩に、子供がその中へ這入って水神様のお祭をする。雪のほら穴の中で蠟燭《ろうそく》の燈をともし、蜜柑《みかん》や林檎《りんご》やお菓子を列《なら》べ、甘酒を沸かし、藁《わら》のむしろを敷いた上に坐《すわ》って遊ぶのだそうで、寒いだろうと思うけれど雪の家の中は暖かいと云う。子供は自分のかまくらを出て、よそのかまくらを訪問し、そこの水神様にお供物をする。横手の市中のかまくらの数は三千に及ぶと云う話である。その行事が昨夜済みました、惜しい事でしたと宿の者が云った。昨夜のその行事が終り、子供達が寝た後で、遅くなってから雪の上に大雨《おおあめ》が降ったそうである。

五

どてらに著《き》かえて、炉の前に坐った。

山系君が顔を洗いに行った。まわりが、しんとする。薄日がさしている障子の外で、雪の解ける雫《しずく》の音がする。時時川波の音が高くなったり、又聞こえなくなったりする。女中が走って来て、梵天《ぼんてん》が来たと知らせる。土地の音《おん》では、「ぼんでん」と云うらしい。かまくらと共に横手の名物だそうで、棒の先にいろんな物を飾りつけたのを振り立てて、旧正月の十七日に近郊の神様へ納める。それが何十組もあって賑《にぎ》やかなお祭だと云う。私にはよく呑《の》み込めないけれど、振り立てて行く棒は、陽物に象《かたど》ったのだろうと云う話である。正月十七日は明日であるが、その前日、市中の主だった家に練り込み、一軒一軒祝って廻る御祝儀《ごしゅうぎ》の、そのぼんでんが来たと云うから、炉の傍に根が生えた重たい尻《しり》を上げ、廊下を伝って玄関へ出て見た。

もう帰りかけていたらしいが、奥から私が出て行ったのを見て引き返し、がやがや何を云っているのかちっとも解らないけれど、その中の一人が一杯機嫌で歌い、一升罎《びん》を抱えた男が、つかつかと沓脱《くつぬぎ》の石の上に上がって来て、片手に持った猪口《ちょこ》を私に差し出した。

それを受けると、一升罎から上手に冷酒を注いでくれた。何と云っていいのか解らないから、兎《と》に角《かく》、お目出度うと云って、飲み干して杯を返した。もう一杯飲めと云うから、もういらないとことわった。戸口の外に立てた棒を、火消が纏《まとい》を揉《も》む様に振って、帰って行った。総勢十五六人もいた様である。

「梵天は子供ではないのだね」と私が云ったが、だれも返事をしない。うしろ横にだれか起っていると思ってそう云ったけれど、黙っているから振り向いて見たら、そこの板壁に帚《ほうき》がぶら下がっていた。

座敷に戻って、又炉の前に坐った。山系君も座に返っている。

女中がやって来て、「先生はそうやって、これから夕方まで、山系様と黙って坐っているのかね」と云う。

この前来た時と同じ女中だから、山系君とも馴染みである。

「山系様はこの前来た時よりふけたにゃあ」と云った。

頻《しき》りに鳶《とび》が啼《な》いてる。

今も梵天を見て帰る時、廊下の硝子《ガラス》戸越しに中庭の雪をつくづく眺めたが、この前の時に見た池のあった辺りに、丈余の雪が積もっている。丈余の雪と思ったけれど、そのつもりで計って見ると、一丈どころではない。二丈に近い高さである。それだけの雪が空からばかり降ったのではなく、庭を取り巻いた四方の屋根に積もっている雪が落ちて来て、或《あるい》は重たくなるから落としたのが、そこへ降った雪と重なって、その高さになったのだろう。半年は庭の土肌を見る事もあるまい。

昨夜寝て来た寝台が、馬鹿に揺れた事を思い出す。線路が悪いからだと云う事はすぐに見当がつくが、その線路は、昨夜通った辺りでは、半年近く雪におおわれている。よく車窓から見受ける線路工夫の、線路たたきの作業が雪のある期間出来ないとすれば、東海道線や山陽線とは条件が違う。速く走れば少少ぐらぐらするのは止《や》むを得ない。

夜通しゆすぶられて来た所為《せい》でねむたい。昼寝をしようかと思う。年来昼寝と云うものをした事がないから、寝るのが億劫《おっくう》であり、起きた時の寝起きの気分もどうだか解《わか》らない。炉の前に坐って、よそうか寝ようかと大分考えた挙げ句、寝る事にした。

本式に寝床を敷いて貰《もら》って、横になった。まだ寝入らない内に、何遍でも梵天が来た。法螺《ほら》の貝を吹き鳴らす。子供の時、山伏が吹くのを聞いた記憶がある。それ以来あの音を思い出した事はない。玄関の外で吹いているのだろうと思う。遠くで鳴っている法螺貝の音が、こっちの耳へ抜ける様な気がしている内に、眠ってしまった。

どの位寝たかわからないが、さっぱりした気持で目がさめた。寝起きが悪くはない。もう障子に日は射《さ》していないけれど、硝子戸越しに見る遠い日向《ひなた》が暖かそうで、軒に近くぽたぽたと雪の解ける音が続いている。

私の起きた気配がしたと見えて、どこにいたのか知らないが、山系君が這入って来た。何となく晴れ晴れした顔をしている。

「鳥海山を見て来ました」

「どこで」

山系は立つ前に、時計をいじりそこねて、龍首《りゅうず》の所が変な工合になったと云《い》ってい
た。私が昼寝をしたから、彼は出て行って、宿の前側に時計屋があったそうで、そこ
で直して貰って、それからつい先の角を曲がると橋があって、そこへ出て見たら、旭
川の上手《かみて》に鳥海山があったと云う。
「そこから鳥海山を眺めたのです」
「どんな山」
「群峯《ぐんぽう》の中に聳《そび》えて、いい山です。行って御覧なさい」
「僕がかい」
「行きませんか」
「まあいい」
起きたから、顔を洗おうと思う。山系君にそう云うと、すぐに中腰になって、女中
にお湯を取らせると云う。今頃顔を洗うのは時間外れだから、洗面所にお湯はないだ
ろう。しかし、事に当たっては先《ま》ず黙っていなければいけない。宿屋に来て、思った
事を口に出すと、忽《たちま》ち機先を制せられて、早く顔を洗わなければならない羽目になる。
せっつかれた挙げ句、だれの顔だかわからない様な事になる。僕は顔を洗おうと思っ
ているけど、今はそう思っているだけなのだから、黙っていなさい。女中には内所だ

と云った。

鳥海山だって、見たくない事はないが、矢っ張りだまっていた方がいい。

六

夕方自動車の迎えを受けて、舞台のある料理屋へ出掛けた。

狭い道の両側に、梵天の棒が林立している。橋の袂《たもと》で自動車を降りた。山系君が鳥海山を見た橋ではなく、そのもう一つ下流の橋である。

料理屋はすぐその先なのだが、そこ迄《まで》自動車が行かないのは、両側に積み上げた雪が道を狭くしているので、その間に這入《はい》ると、方向をかえて後へ戻る事が出来ないからだそうで、だから橋の袂で降りて、山系君と歩いた。

この辺《あた》りは余程雪が深い。往来から店屋へ這入って行くには、雪の段段を二三段降りなければならない様になっている。

大きな構えの料理屋で、その二階の奥座敷の広間に通された。私共を招待してくれた今夜の主人と、駅へ使に来てくれた人とが待っていた。駅長さんが来て、横手の有力家の紳士も同席して、お膳《ぜん》が出た。そうしてお酒を飲んだ。

仲居がそこに坐って、お酌をする。二つ三つ注いだかと思うと、もう袂から煙草《たばこ》を取り出して、吸い始めた。そうしてすぱすぱ煙を吹いて止めない。杯が空いたと思うと、片手に火のついた煙草を持ったなり、あいた片手でお酌をする。そう云う事がきらいだから、大分癪《しゃく》にさわったけれど、よばれて来たお客様なので黙っていた。

お酒が廻って、話しがはずんで来た。しかし皆さんの云っている事がちっとも解らない。聞き馴《な》れないから、あっけに取られた気持である。中国地方は私の郷里に近いから云う迄もないが、九州に這入り、鹿児島まで行っても、何を云っているか解らないと云う事はない。解らない言葉は解らないが、解らない事を云っていると云う事が解る。その言葉を聞き取る事は出来る。今夜の皆さんのお話しは、字に書けば解る事を解らなく云っているのか、楷書《かいしょ》で書いても解らない事を云っているか、その区別が判然しない。そうしてひどく饒舌《じょうぜつ》に聞こえる。お酒が廻っている所為《せい》か、いつもそうなのか、それも見当がつかない。

隣りに坐っている山系君が、頻りに手洗いに立つ。あんまりちょいちょい行くので、おかしいなと思う。外《ほか》の人に聞こえない様に、小さな声で、どうしたのだと尋ねると、はあと云う。

後で聞いた話では、膝《ひざ》のお皿が痛くて、坐っていられなかったのだそうで、きっと雪の中へ来たから、古疵《きず》が痛んだのだろう。先年人の喧嘩《けんか》を仲裁しようと思ったら、はね飛ばされて防空壕《ごう》の中へ落ち込み、膝小僧を痛めたと云う話は、大分前に聞いた事がある。

だからそうして度度お酒の座を起《た》っても、その度に手洗いに這入って来たわけではない。廊下で膝頭を撫《な》でては、又帰って来たのである。膝頭を撫で撫で、硝子戸越しに向うを眺めると、川が流れて橋があって、いい景色だから、先生も起って行って見ろと云う。

その内に起ったので、外を眺めた。正月十六夜《いざよい》なので、方角の都合か月は見えないが、空が明かるい。空の明かりを受けた川岸の雪が、綺麗《きれい》な白い色でずっと遠くまで続いている中を、暗い水が微《かす》かに聞こえる程の波音を立てて流れている。下流の遠い向うに橋があって、橋の上のあかりが一つだけ、きらきら光る。燈影《ほかげ》が暗い川波に踊り、橋の両岸の雪もその辺りは少し明かるい。

舞台の準備が出来たと知らせて来たので、お膳もその儘《まま》にして、みんなでその座を起った。廊下伝いに案内された座敷は、よく解らないが、百畳敷より広いかも知れない。向うに舞台があって、山台の上に三味線を抱えた老妓《ろうぎ》が坐っている。撥《ばち》を当てたかと思うと、両翼から美人が走り出し、二人で手振りを揃《そろ》えて踊り出した。

新内と云うものを余り知らないし、滅多に聴く折もないのでよく解らないが、又踊は一層解りにくいが、音締《ねじ》めのいい三味線と渋味の勝った唄《うた》を聴き、目で美しいまぼろしの様な影を追っていると、矢張り恍惚《こうこつ》とする。二節目に、せめて雀《すずめ》の片羽根も、翼があるならこの様に、泣いてこがれはせぬものを、焼野のきぎす夜の鶴《つる》、と歌った時、踊の二人の姿が、ありありと鶴の姿に見えたと思って、はっとした。息を呑む様な気持がした。

唄や三味線や踊はよく解らないにしても、その芸全体の味と気品は解る。山系君の寝言が、一言一言は何を云っているか解らないなりに忿懣《ふんまん》の情を聞き取る事が出来たのと同じ事であろう。

又もとの座敷へ帰り、お膳の前に戻った。老妓だかお師匠さんだか知らないが、新内を語った婦人と、踊った美人の芸妓が二人、その席に出て、仲居に代ってお酌をした。

お銚子を持って、前かがみになった芸妓の頭に、備前岡山、木屋の丁字香の匂《にお》いがする。

私の方で驚いて、その頭は木屋の丁字香だろう。奥州《おうしゅう》横手で丁字香を嗅《か》ぐとは思わなかったと云うと、向うも驚き、どうして知っているかと云う。

木屋は岡山の京橋の近くにある旧家で、昔、抜き身をさげた侍が切り込み、家の中であばれて中庭へ出た途端に石燈籠《いしどうろう》を突き倒したら、石の中から真白い小犬が何匹でも後から後から出て来て、侍が立ち竦《すく》んだと云う話をして聞かせた。

それはどう云う話だと聞くから、それ程の旧家なのだよと云う事にした。

初めの内はお師匠さんと呼んでいたが、その内に師匠と呼び捨て、次に婆《ばばあ》と云い、仕舞には糞《くそ》婆になった。糞婆曰《いわ》く、それそれ、お前さん達、御覧よ、そら先生はそろそろ御機嫌なんだよ。ああして顎《あご》の所へお手をあげて、あすこを押さえて、ほら、全くその通り、と云った。

ほんとに、御機嫌なのね、と芸妓が云った。

私には何の事か解らない。後になっても解らない。そう云えば、手を顎の辺りへ当てる事はあるらしいが、癖と云う程の事でもなかろう。それよりも初めて会った彼女達に、なぜそう云う予備知識の様なものがあって、それで以《も》って人の動作を観察したか、今考えて見ても解らない。

宿へ帰る道は、生れて初めて橇《そり》に乗った。箱橇と云うのだそうで、箱の様な物の中にしゃがみ、すぐに動き出したと思ったら、後から人が押している。雪の上を軽軽と辷《すべ》って行く。山系君の橇も私の後から来た。橇と一緒に歩いて来た今夜の御主人と夫人を、宿の私の座敷に請《しょう》じて軽く一献した。

七

例の通り遅く起きて、ぼんやりしていると、硝子戸《ガラス》の外で音がした。猫が戸袋の上に上がったかと思ったら、氷柱《つらら》が落ちたのであった。横手の氷柱も、新潟へ行く時見た小出《こいで》駅の氷柱と同じく、飛んでもなく長くて太い。

お午《ひる》まえはお天気であったが、午後は雨になった。いつの間に降り出したのか、川の水音と、雪解けの雫《しずく》の音でわからなかった。空がかぶって来ても、雪があるから辺りが白けているので、暗くならないから、なお解らない。

炉の前に火鉢を抱え、脇息《きょうそく》に肱《ひじ》をついて、茫然《ぼうぜん》自失している。お茶をいれに来た女中をつかまえて、山系君が云った。「鳥海山を見て来た」「いつ」「昨日だ」「昨日はお天気がよかったから、見えたでしょ」「よく見えた」「きれいでしょ」「いい山だね」「真白いでしょ」「うん、そうでもない」「白いわよ」「まだらだった」「どこで見たの、山系様は」「橋の向うの遠くにあった」「そんならそうだろ」「そうだよ」「真白だわ」「まだらだ」

女中が行った後、お茶ばかりがぶがぶ二三杯飲んだ。所在がないので、山系と二人して昨夜帰って来てから飲み直した時の、お膳の上にあった物を思い出そうとするが、何を食べたのか、両方の記憶を合わしても、丸でわからない。

「我我の人生は曖昧《あいまい》なものだね」

「そうでもありません」

「そんなに廻っていたか知ら」

「橇に乗ったからでしょう」

「橇で酔うものか」

「あっ、一つ思い出した。鯔《ぼら》のお刺身がありましたね。うまいうまいと云って、先生は僕の分まで食べてしまった」

「そう云う事は、思い出さなくてもいい」

「先生が食べたのです。僕のお膳のを取って」

　夕方を待っていたら、ひとり手に暗くなって、秋田の管理局の三君がやって来た。駅長さんも来た。さあ、始めよう。

　山系君は急に勢を得て、大いに皆さんをもてなす。小説を論じ、詩を論じ、口を尖《とが》らして弁駁《べんばく》する。尖った儘で杯を銜《ふく》み、又話しがもとへ戻る。

　面白いから聞いているわけではないが、面白くないと云うのでもない。こちらの魂も抜け出して、お膳の上や杯の間を、ふわりふわりと浮動している様な気がしていたら、不意に背中の真中辺りがかゆくなった。

手を廻しても届かない。

「弱ったな」

「どうしました」

「背中が痒《かゆ》い」

「棒を持って来ましょうか」

「棒では間に合わない。ねえ山系君、我我は随分気を配って旅支度をととのえたつもりだったが、まごの手を持って来るのを忘れた。しまった」

丁度その時、ここへ顔を出した宿の主人が、

「まごの手なら、帳場に御座います。今持って来させましょう」と云った。

大いによろこんで、流石《さすが》は横手の耆宿《きしゆく》だと云ったが、そんな宿があるものではない。だれにも解らなかったから、いい工合にほっておいて、背中の痒い所が、まごの手の来るまで動かない様に、ひろがらない様に、丹田《たんでん》に力を入れて待った。

女中が来て、主人に何か云う。手に何も持っていない。主人が気の毒そうな顔をして、

「あったのですけれど、ある筈《はず》なのですけれど、いくら探しても見つからないそうで

す」と云った。

それを聞いたら、さっきの倍の倍も痒くなった。もう我慢が出来ない。どうしたらいいだろう。背中の真中に渦巻が出来て、ぐるぐる廻りながら、そこいらをくすぐる。

「駄目だ。もう到底駄目だ」

管理局の若いのが気の毒がって、掻《か》いて上げますと云い、すぐに手を突っ込んだ。宿屋のどてらだから、彼の手はらくに這入る。そこそこ、いやもっと奥の所と註文《ちゅうもん》を出した。みんな杯の手を休めて、うまくそこへ行ったか知らと云う顔をして、見つめた。

八

翌《あ》くる日も、初めの内は暖かい、いいお天気だった。今日で横手が三日目である。三日いる内に、庭の雪が目に見えて低くなった。もう帰ろうと思う。

午後早目に宿を立った。帰りの汽車も「鳥海」の上りで、横手駅の発は夕方の六時二十分である。大分時間があるから、その間に岐線の横黒線へ這入《はい》って見ようと思う。

横黒《おうこく》線はこの前来た時、大雨の中の紅葉を見に行ったが、今度は雪見である。沿線の黒沢駅辺りでは、一番降った時は三 米《メートル》 以上の積雪だったそうである。今はいくらか低くなっているか知れないが、ここ迄来た序《ついで》に、その雪景色を眺めて来よう。

それで早目に宿を出た。その時分に、又雲がかぶさって来て、雨が降り出した。山系君は雨男で、彼と一緒に行けば、どこでも雨が降り出す。今までの阿房《あほう》列車は、殆《ほと》んど皆雨中列車であった。

山系君が鳥海山、鳥海山と云《い》うのを、いい加減に聞いている様な顔をしたけれど、実は私も見て帰りたい。宿からわざわざ出掛けて行くのは億劫《おっくう》だが、今こうして、自動車に乗り、駅へ行く途中に眺められるなら好都合である。宿を出る時、その事を話すと、鳥海山を見るにはこの川のもう一つ下手《しもて》の橋がいいから、自動車をそちらへ廻る様に申しましょうと宿の者が云った。

雪の往来に降りそそぐ細雨の中を、自動車がそっちの方へ走って行った。一つ下手《しもて》の橋と云うのは、一昨日《おととい》の晩岡本新内の時に、その袂《たもと》の所で降りた橋である。その手前まで来た時、運転手がどこへいらっしゃるのかと云う。山系君が鳥海山を見に行くのだと云うと、それは駄目です、雨の日は見えませんと云った。

それではその橋まで行っても仕様がない。引き返してすぐに駅へ出ようと云った。狭い往来で自動車の方向を変え、また宿の前を通って走って行った。運転手が、走りながら、鳥海山は今日は見えないけれど、いつもならあの橋からよく眺められる。あの橋からでなければ見えないと云った。

　そう云ったので、山系君が口を出した。

「そうかい。そんな事はないだろう。僕はあの上手《かみて》の宿のすぐ傍の橋から見たよ」

「それは違うでしょう。見える筈がありません」「上流の遠くにある山だろう」「違います。橋の下流の真正面に見えるのです」

　山系君にそそのかされて、見に行かなくてよかったと思った。

　横黒線の三等車に乗って発車を待っていると、駅長や助役が窓の外に、見送りの姿勢で起った。どうも物物しくて困るが、止《や》むを得ない。別の駅員が車内へ這入って来て、私に挨拶《あいさつ》して、隣りにいる山系君に、あっちへ行けと云う様な事を云う。山系君はお見知りおかれていないのだろう。道連れだからいいのだと云って、彼の危急を救った。

「そうら御覧、どぶ鼠《ねずみ》だからさ」

「そうでもありません」

　発車をするとじきに山の間へ這入った。積もった雪の上に暗い雨が降っている。一昨年《おととし》の秋、一度往《い》って返っただけの沿線の景色にすっかり馴染《なじ》みが残っている。山のたたずまい、川の曲がり工合、一ぺん見ただけの所がこんなに記憶に残るものかと、不思議な気持がする。年が経《た》てば、こう云うのが夢の中の景色になって、追っ掛けられると、この山のうしろへ逃げ込んだりするのだろう。今、うつつに見ている窓外の山の姿も、そう云えば夢の中の景色の様な気がしない事もない。

黒沢近くの雪は三米《メートル》、一丈と云う程の事はなかったが、随分深い。駅に這入って停まったら今までの雨が霰《あられ》になって、歩廊の踏みつけた雪の上に、小さな綺麗《きれい》な玉が、ころころ転がった。

横黒線の終著《しゅうちゃく》駅は黒沢尻《くろさわしり》である。この前の時もそこ迄《まで》は行かずに、途中の大荒沢で降りて引き返したが、今度もそうしようと思う。雪のちらついている大荒沢で下車し、帰りの汽車が来る迄、駅長事務室で時間をつぶした。今年の冬の雪の晩、横手を出た汽車がここまでやっと辿《たど》り著いたが、構内に這入ってからひどい吹雪で動けなくなり、立ち往生した。大荒沢には宿屋が一軒もないので、乗客はみんな車内で、雪に包まれて夜明かしをしたと云う話を駅長さんがしてくれた。

「そう云うのは、駅の事故にはならないのでしょうね」と山系君が本職らしい事を聞いた。

横手へ帰る途中は吹雪になった。一たん雪の落ちている樹冠に、吹きつけるらしい雪がたまり、目がさめる様に白くなっている。

九

夕六時二十分、四〇二列車、急行「鳥海」が横手駅を発車した。

山系君が、「おや」と驚いた。「方向が反対です」

しかし鳥海山でしくじっているから、そう云ったきりで黙った。

車窓の外はもう夜である。沿線の暗い雑木林の項を越して、きらきる光る赤い火の子が雪の上に落ちる。

さて、今晩もこれから車中で夕食をする。宿屋で御馳走《ごちそう》の折詰をこしらえて貰《もら》った。二本の魔法罎《びん》にも熱いのが這入っている。

寝台車の寝台使用時間は、晩の九時から朝八時までとなっている筈だが、まだ六時過ぎなのに、もう寝台が下ろしてあった。しかし乗ってから、ばたばたやられるのも難有《ありがた》くない。こうなっている方がいいとは思うけれど、一献の場所をどこにしようかと迷う。

来る時の様に、喫煙所を使うのは、今日はまだ時間が早いから、適当でない。山系君と合議の上、思い切って寝台の中を実行の場所にする事にきめた。

今度は二人共下段で、通路を隔てた向かい合わせになっているから都合がいい。どちらの上段にも、まだお客は這入っていない。今の内、今の内と云った。

しかし人が通るから、カアテンを半分引いた。その陰になった所へどぶ鼠が這い込み、要領よく御馳走を列《なら》べ、魔法罎と杯を配置した。

枕許《まくらもと》の寝台燈《バアスランプ》の横に、英語が書いてある。No smoking in bed. お酒を飲むな、と書いてはない。いけないと云った事の外《ほか》は、何をしてもいけなくはないと云う、そんな理窟《りくつ》はないが、兎《と》に角《かく》、さあ始めよう。

カアテンの陰でこそこそやり、人が通る時は手を休めて知らん顔をする。行ってしまえば又杯を持つ。泥坊の酒盛りの様で、中中面白い。

「しかし貴君《きくん》、人が通る時澄ましていても、においがするだろう」

「構うもんですか」

「いいにおいだからな」

大体済む前になって、煙草《たばこ》が吸いたくなった。しかし、No smoking in bed. しかし吸いたい。この英語はどう云う意味だろうと考えて見る。

「貴君《きくん》、この英語を訳して見たまえ」

「ベッドで煙草を吸っちゃ、いけないと云うのでしょう」

「違う。そうじゃないだろう」

山系君に講義した要領は、僕は語学教師の出身だから、英語の事はよく知らないけど、まあ同じ判断が通用するとして考えて見るに、in bed には冠詞がない。ベッドと云う実体を指してはいない。慣用の成語だろうと思う。ベッドで煙草を吸ってはいかん、と云うのではない。寝ていて煙草を吸ってはいかん、と云うのだろうと解釈する。我我は寝ていない。寝台の上に起きている。抑《そもそ》もこの寝台はベッドではない。汽車の寝台、船の寝台はバアス berth である。この掲示の bed と云う字は、berth の間違いだと云うのではない。これでいいので、熟語風に読んで、寝ていてとか、寝たままでとか解釈する。貴君の訳は間違っている。さあ一服しよう。

来る時は晩の九時半の発車で、横手へ朝の八時に著《つ》いて閉口したが、今夜は横手を六時半より前に出たのだから、明日の朝上野に著くのは、もっと早い。味爽《まいそう》六時半である。止《や》んぬる哉《かな》。夜半を過ぎたら、もう寝てはいられない。

どこだか解《わか》らない所で目がさめた。in bed で、寝たなりで、窓のカアテンを引き寄せて見たら、向うの遠い空の下の端が、灰色になりかけている。もう駄目だと思って、半身起き直った。そうして煙草を吸って、本式に目をさました。

矢っ張り夜明けだったので、段段に灰色が褪《あ》せて、地平線から赤い大きな朝暾《ちょうとん》が昇って来た。私に取っては、実に驚天動地の椿事《ちんじ》である。ああして、いろいろの事のある一日が始まるのかと、呆気《あっけ》に取られて、眺めた。

向う側の寝床に山系がいつ迄も寝ているのは業腹《ごうはら》だから、起こしてやった。

日の出をおがみなさいと云ったら、曖昧《あいまい》な返事をして起き出した。

「どこです、どこです」と云う。

山系側の窓のカアテンを引いたら、正面に真白い富士山が映った。西の空にはまだ夜の尻尾《しっぽ》の様な朦朧《もうろう》とした暗さが残っている。その薄闇《うすやみ》を裂く様に、白い富士山が聳《そび》えて、東天の旭日《きょくじつ》と向かい合った景色を、自分の方の窓と、山系君の窓と、代る代る見て見返って、一日の朝は、こうしたものなのかと考え直した。

朝の富士山は、白くて美しいばかりでなく、飛んでもなく大きな物だと云う事を思った。

段段に東京に近づき、朝の営みの町や村に、長い白煙の尾を投げながら、走り続けた。そうして、まだホームの屋根の下かげに、夜の色が残っている上野に著いた。

降りて改札へ行くホームの途中で、今までこの列車を牽《ひ》いて走った機関車を見た。C629である。私はまだこう云う機関車を知らなかった。後で教わったところでは、白河機関庫に属するCの最新式の型だそうで、福島からつけたか、白河で取りかえたか知らなかったが、快晴の朝の平野に壮大な白煙の帯を棚引かせたのは、この短かい煙筒であった。

山系君と一緒に家に帰った。彼は一服して、私の所で朝御飯を食べてから、役所へ出ると云う。それにしても、まだ早過ぎる様な時間である。私はくつろぐつもりで、洋服を脱ぎ、襯衣《シャツ》を脱いだ。襯衣の胴中が、鼻の先をこすった時、かすかに煤煙《ばいえん》のにおいがした。

春光山陽特別阿房《あほう》列車

一　面白い筈《はず》がない

春光の山陽本線に、特別急行列車が走り出した。その処女運転に乗って来た話を、これからしようと思う。

始発は京都駅で、終著《しゅうちゃく》駅は博多である。京都も博多も山陽線の駅ではないが、走行粁程《キロてい》の主要な大部分が山陽本線だから、山陽特急と云《い》う事になって、それでおかしくはない。

京都から出るのだから、京都まで乗りに行かなければならない。それで前の晩の夜汽車に乗り込み、東京を立って出掛けた。

博多に著《つ》いたらすぐに引き返そうかとも思ったが、はるばる筑紫《つくし》の果てまで来たのだから、事の序《ついで》にと思って、一昨年《おととし》の初夏、一度立ち寄った八代《やつしろ》へ、もう一度行って見た。

そうして戻りは山陽特急でなく、東京まで直行する汽車の一本道で帰って来た。これからその話をすると云っても、往復何の事故も椿事《ちんじ》もなく、汽車が走ったから遠くまで行き著き、又こっちへ走ったから、それに乗っていた私が帰って来ただけの事で、面白い話の種なんかない。それをこれから、ゆっくり話そうと思う。抑《そもそ》も、話が面白いなぞと云うのが余計な事であって、何でもないに越した事はない。どうせ日は永いし、先を急ぐには及ばない。今のところ私は、差し当たって外《ほか》に用事はない。ゆっくりしているから、ゆっくり話す。読者の方が忙しいか、忙しくないか、それは私の知った事ではない。

二　新特別急行

今度新らしく山陽本線に特別急行が走る様になったと云う話は、大分前から聞いていた。その晩には出掛けて行って、一番乗りをして来ようと考え、色色その列車の事を想像して待ち構えたが、中中実現しない。特別急行と云う名前だけなら、昔、一二等特別急行「富士」と三等特別急行「桜」が下ノ関まで行っていた。後に「富士」が三等車を聯結《れんけつ》して各等急行となり、「桜」に二等車を加えて二三等急行とし、どっちもすっきりしない曖昧《あいまい》な編成になってしまったが、それでも東京下ノ関間の特別急行なる事には変りはなかった。

だから山陽線に特別急行が走ると云うのが珍らしいわけではない。ただ今度の計画で特別急行と云うのは、今東京大阪間を走っている「つばめ」「はと」と同程度の速さの汽車を考えているらしく、「富士」「桜」の当時の「つばめ」はその二つの特別急行に対して、「超特急」と呼ばれていた。今度山陽線の特急は、つまり昔の超特急の意味なのである。だから線路の補強等がそう簡単に行かないのだろう。又終著駅が下ノ関でなく博多であって、博多へは、関門隧道《ずいどう》が開通してから各等の特別急行「富士」が行っていたから、九州に這入《はい》ってから先の特別急行も、初めてと云うわけではないが、そちらでも色色準備の為《ため》に手間が掛かったか知れない。しかし待っていると随分待ち遠しかった。

漸《よう》く、三月一日からと云う話をその内に聞いた。そうかと思っていると、それが又少し延びた様で、結局三月十五日に京都から下り、博多から上りの処女列車が出る事になって、私の心づもりに、はっきりした順序がついた。勿論《もちろん》一等車で出掛ける。だれからも聞いたわけではないが、「つばめ」にも「はと」にもついている展望車を聯結するだろう。展望車は余り長く乗っていると、窓が大きくて明かる過ぎるから、知らない内に疲れていると云う欠点があるけれど、今度の山陽線の展望車の構造は知らないが、窓のそう大きくない区分もある筈だから、そちらへ代っていればいい。

同行の山系君とは、あらかじめ打合せをしたけれど、人に向かって用もないこちらの心づもりを吹聴《ふいちょう》した覚えはないのに、その処女運転の少し前になって、大阪の鉄道管理局が、私と山系君とを当日の試乗に招待すると云っていると云う話を聞いた。

思い掛けのない事を聞かされると、憂鬱《ゆううつ》になる。うれしい事でも、憂鬱になる。更に、うれしいかどうかは、考えて見た上でないとまだわからない。

要するにこっちの考えていない事を、人に云われると、ひどく気を遣う。急に頭の中が忙しくなり、下手をすると考えている途中で縺《もつ》れてしまう。よんでくれると云う先方の好意が難有《ありがた》い事は、簡単にすぐそう思う事が出来る。しかしよばれるのは、私と山系だけではないだろう。沿線の停車駅のある市の有力家も招待されるに違いないし、本庁や関係の管理局のえらい人達が乗り込むだろう。そう云う紳士が、黙って向うを向いて、窓外の景色を眺めてばかりいればいいが、こっちを振り返って何か云うと、うるさい。声を掛けられれば挨拶《あいさつ》を返さなければならない。知らん顔をして、傲《ごう》岸《がん》なおやじだと思われたくはない。

特別急行の処女運転の試乗だから、新聞記者も乗って来るだろう。沿線の放送局の係員もやって来るに違いない。汽車に乗っていて、そう云う諸君のインタアヴィウを逃れる術《すべ》はない。どこかの駅に停車する度に、手洗いに起《た》つと云う事も考えたが、彼等は停車中にだけ来るとは限らない。初めから仕舞まで乗っているかも知れない。又進行中の食堂車で祝宴があるかも知れない。誘われれば、それにも出なければならないだろう。右はすべてそう云う予告を受けたわけではなく、私の取り越し苦労に過ぎないが、経験と判断に依《よ》るに、ありそうな事であり、あっては困る、困ると云う程でもないが、面白くない事ばかりである。

いっその事、三月十五日の当日を避けて、一日ずらして乗車しようかと思った。そうすれば色色の取り越し苦労は全部消滅する。一日違えば、処女運行の当日でなくなれば、招待は勿論ある筈がなく、従って管理局の好意を無にする事になるけれど、招待に応じても腹を立てて帰って来たのでは、好意に報いる所以《ゆえん》ではない。

招待に応じようか、ことわろうかと、決し兼ねて迷った。一日延ばせば、前前から楽しみにして待った山陽本線特別急行の一番乗りと云う晴れがましい記憶は成立しない。延ばさずに矢張り当日乗って、しかし招待はことわり、知らん顔をしていると云う芸当は私には困難である。進行中に人が起ったり、通ったりする度に、どきんとして気を遣い、顔の筋があっちこっちに引っ釣る様で、安き心もないであろう。

抑《そもそ》も私と山系とを招待すると云うのが、おかしくないこともない。私はそれでいいとして、山系君は国有鉄道の現職員である。そうして職階上ちっともえらくはない。彼が郵船会社の社員であるとか、文部省の役人であるとか云うのであったら、そちらでは下っ端《したっぱ》であっても、国鉄が彼を一等乗客として招待するのがおかしいと云う事はない。しかし彼は職を国鉄に奉じている。出張の時、二等の待遇を受けるのがせいぜいである。その山系を一等に招待してくれると云うのは、一緒に行く私としては難有《ありがた》いけれども、難有くても、おかしい事はおかしい。私が国鉄だったら、決してそんな事はしない。愛想顔に事を欠いて、何をまごついているのだろうと思った。

ところが出発何日前になって、判明したところによると、今度の新らしい特別急行は二三等編成なのである。一等車は聯結しない。従って展望車もない。そんな貧相な特別急行があるものかと思ったが、考えて見れば昔の「桜」は、前に述べた様に同じ特別急行と云っても速さなぞ今度のとまるで違うにしろ、その姉妹列車の「富士」には展望車がついているのに、「桜」は初めは三等編成で、後に二三等編成になって、だから展望車がついている筈がなかったから、ついていなかった。

それで、前例のある事を諒解《りょうかい》した。

今度の山陽線の新特別急行は、展望車をつけないから二三等編成なのか、二三等編成だから、展望車をつけなかったのか、そこの所は私には解《わか》らなかった。

展望車を聯結しない理由を、色色と素人《しろうと》なりに考えつめて、まだよく解らない内に当日になり、これは勿論後《あと》の話だが、車中であちらの管理局の知人にそのわけを質《ただ》したら、

「展望車がなかったのです」と云った。

その一言で氷解した。無い物を聯結するわけに行かない。つけるとすれば、上リ下リに各一輛《りょう》。予備が少くとも一輛、〆《しめ》て三輛の展望車が揃《そろ》わなければ編成が出来ない。それが間に合わないから、当分つけないのですと云う話であった。

事前に、出発前に、一等車がないと云う事が判明し、観念した。それならそれでよろしい。よろしくなければ出掛けない迄《まで》の話である。しかしそんなに一等車に乗りたがっているわけではない。三等二等一等とある中では、一等が一番いいと云うに過ぎない。無いものは仕方がないし、仕方がなければ諦《あきら》める迄である。諦めた拍子に、どうせそうなら、先方で招待してやると云っているのを、こっちで愚図愚図考えるのなぞよして、あっさりかたじけなくお請けする事にしようと、そこ迄気持が片づいた。

三　夜の急行「銀河」

京都から山陽特別急行の処女列車が出る前日の晩、それに間に合う夜行で東京駅を

立った。

　半曇の早春の日が暮れてから、家を出た。同行の山系君が早目に私の所まで誘いに来てくれたが、晩の出立《しゅったつ》だから、いらいらしなくてもいくらも時間はあった筈なのに、まだ支度が出来ていなかった。つまり旅行鞄《かばん》の中にまだ諸品が這入っていない。少少あわてて、手伝って貰《もら》って詰め込んだ。その時の手先の混雑で頭の中の順序が乱れ、その次にあれをと思っていた大切な薬を入れ忘れた。忘れたら忘れたなりで思い出さなければ、滅多に使う事もない、用心の為の薬だからそれで構わなかったのだが、翌《あ》くる日のお午《ひる》過ぎになって、山陽道を驀進《ばくしん》する新特別急行の中で、運悪く忘れたと云う事に気がついた。別に、気分が悪くて、その薬を思い出したと云うのではなく、何でもないのに、ただどうかした拍子で、後先のつながりもなく、その薬を忘れて来た事を思い出した。しまったと思った途端に少し気分が悪くなり、そんな筈はない、気分が悪いと云うのは、うそである。順序が違うと云う事を自分に云い聞かせるのに手間が掛かった。

　鞄の蓋《ふた》をしめ、別の風呂敷《ふろしき》包に今晩の夕食の折詰をくるみ、例によって熱いのが這入っている魔法罎《びん》二本は又別の風呂敷包にし、もう一つ、短かい棒の様な物を紙に包んだのは、三脚即《すなわ》ち画家が写生の時に使う三本足の腰掛けである。文房具店で買って来たので、棒が三本寄せてあって、ひろげると上にお尻《しり》を乗っける布《きれ》がついているだけの物が、随分高いので驚いた。何にするかと云う事は、それを使う時になれば解る。

そうして出掛けた。今夜の汽車は、八時三十分発、第十三列車、一二三等急行「銀河」である。明日の新特別急行に一等車はないが、それに乗換える迄は一等で行く。すでにコムパアトの寝台が取ってあるから、急ぐ事はない。発車までに行きつけばいい。

「銀河」は戦後有名な急行であるが、私には馴染《なじ》みがない。「銀河」の後で出る「筑紫」の方が馴染が深い。今夜「筑紫」で立っても、京都駅の乗換えには十分間に合うし、新特別急行第五列車の発車を待つ間の時間が、「銀河」で行ったより短かくて済むから、その方が都合がいい。しかし「銀河」にしなければならなかったわけがある。

明日から山陽線に新特別急行が走るについては、それに関聯したダイヤグラムの変更がある。その影響は勿論東京駅の発著にも波及して、今夜から時刻が変り、発著が昨日迄とは違っている列車がある。「筑紫」もその一つで、昨日までは九時の発であったのが、今夜からは九時半である。それでも乗換えには間に合うのだが、行先が今迄は博多であったのが鹿児島まで延び、列車番号はもとの三七、三八が、三九、四〇となった。「筑紫」にもコムパアトはあったので、申し込んでおいたところが、すでに売切れだと云われたり、又別の筋の一説では、今度の時刻変更で編成が変り、「筑紫」には一等車を聯結しない事になったとも聞かされたので、それは間違いであったことが後で解ったけれど、要するにダイヤグラム変更の際の混雑で、事情が判明しなかったから、止《や》むなく、何の変更もないもとの儘《まま》の「銀河」に乗る事にきめたのである。「銀河」は三等車六輛に対し二等車六輛、一等車二輛と云う編成の優等列車であるが、食堂車はついていない。だから夕食のお弁当や一献用の魔法罎を持ち込んだが、雪解横手阿房《あほう》列車の急行「鳥海」の二等寝台車と違い、今夜はコムパアトでドアを閉めれば、だれに遠慮する事もないから、気を遣わない。

年がら年じゅう朦朧《もうろう》としている山系君は、これから長途の旅に立つと云う時でも、身辺の雲霧を吹き払う事はしない。面白いのか退屈なのか、そのけじめはわかりにくいが、そう云えば私だってそんな区分はどっちでも構わない。打ち連れ立って荷物を持ち分け、彼は若いから重たそうなのを自分の方に取ってくれて、歩廊の階段を登り、ボイに迎えられて「銀河」のコムパアトへ這入った。

しかし、まだそれで落ちついたわけではない。

戦後、列車の運行が大分常態に復した時、夜の急行「銀河」が走り出して評判になった。その当時、盲宮城撿挍《みやぎけんぎょう》が神戸から「銀河」に乗って帰って来て、その土産話をしてくれた。戦争中、方方へ出掛けた時の汽車と違って、大変乗り心地がいいと云《い》う事。自分には見えないが、一緒に乗った人の話に、「銀河」の最後部には、天の川をあしらった中に、「銀河」と云う字を浮かした列車標識《ひょうし》が、美しい電気で暗い中に輝き、実に綺麗《きれい》だそうです、と教えてくれた。撿挍はそう云う話が好きなので、自分は見えなくても、そう云う汽車に乗っていると思うと、いい気持だと云った。

今晩、一たんコムパアトには落ちついたが、私も撿挍に教わった「銀河」の標識を見たいと思った。「つばめ」や「はと」の標識は珍らしくないけれど、夜汽車の尻に電気をともしている標識は、まだ見た事がない。

山系君を促して、その最後部の標識を見、引き返して最前部に廻り、今夜の電気機関車を検分して来ようではないかと云いながら、デッキに出たら、丁度そこへ来合わせた夢袋《むたい》さんと顔が合った。例に依るお見送りである。夜汽車のお見送りはおよしなさいと云っておいたのだが、彼は亦《また》その思う所を行うにたゆたう所以《ゆえん》がないと云うわけであろう。

一緒にさそって、長い列車の腹に沿って歩いた。コムパアトのある一等車は、機関車の後に荷物車が一輛あって、すぐその次だから、最後部へ行くには十三輛の長さを通らなければならない。客車一輛の長さが二十米《メートル》、十三輛で二百六十米、その長さを往復すれば五百二十米、一粁《キロ》の半分よりまだ遠い。おまけにそこいらに人が一ぱいいて、みんな銘銘にうろうろして、私共の通行の邪魔をするから、真直《まっす》ぐには歩かれない。一体発車前の汽車の横っ腹を、そう云う風に歩いて行こうとする者がいると云う事は、人の予期しない所である。駅の係員なら制服を著《き》ている。らちも無い風態のおやじが、せかせかと人ごみを押し分けて行こうとしても、だれも道をあけてはくれない。だからなおの事歩きにくい。

漸《ようや》くの思いで最後部まで辿《たど》りついた。最後部は三等車である。この長い列車の尻が、蛍の様に光っているとばかり思って、一番うしろへ廻って見たら、そんな物は何もない。真っ暗なお尻であった。

「ないね」

夢袋さんが「ありませんね」と云った。それでお仕舞で又人を押し分けてもとの所へ戻って来た。

それから機関車を見に行くつもりであったが、機関車は私共の車室のある所から近いけれど、それでも時間が少しく怪しくなった。行って見なくてもＥＦ58である事は間違いあるまい。しかし、その事を確かめるのでなく、そのＥＦ58の偉容を目《ま》のあたりに見たい。一寸《ちよつと》迷ったが、まあよした。機関車に見とれて感心している内に、ほんの少しでも動き出したら、もうどうにもならない。

「よそうね」と山系君に云ったら、「はあ」と云った。

それは「見られなくて、残念残念」なぞと云う意味ではなく、「見たって仕様がないから、よした方がよかった」と云うのでもなく、「見ても、見なくても、どっちでもいい」と云っているのでもなく、ただ、電気機関車の気笛が鳴った様な空気の波動に過ぎない。

果してじきに動き出した。

四　迷い箸《ばし》

コムパアトの二重窓のカアテンを搾《しぼ》った硝子《ガラス》越しに、綺麗な燈火が飛んで行くのが見える。八時半の夕食なら、家にいるより早い。そろそろ始めよう。

洗面台を食卓にして、その上に持参の御馳走《ごちそう》を列《なら》べた。それに向かって山系君と二人並んで、ベットの縁に腰掛けると、二人共同じ方を向き、気違い同志が養生している様な恰好《かっこう》になるから、分別を要する。コムパアトに這入《はい》って食事をすると、いつもその問題がある。いつぞやはボイが空き箱を持って来てくれて、それを腰掛けにした。

汽車の中でそんな手頃の空き箱がいつでも間に合うとは限らない。だから今度は絵かきの使う三脚を買ってきた。

どちらか一人が、そっちの方に場所を取る。そうすると鉤《かぎ》の手になって、工合がいい。ただ、使って見ると、初めてなので知らなかったが、三脚と云う物はお尻が痛い。長く掛けていられない。すぐにしびれる。だから時時交替して席を変えた。

「もう僕は痛い」

「代りましょう」

「どうするのです」

「それには、この前の物を動かさなければならない」

「だってこれは僕の食べさしだ」

「僕の前に、食べかけはありません」

「箸をつけたら食べてしまう。それはいいお行儀だ」

「そうでもありません。偶然です」

「迷い箸と云うのが、一番いけない。御存知か貴君《きくん》は」

「知りません」

「昔、文部省から出たお行儀の本に書いてあった。お箸をその前の何かに向けて、まだ取らない内に、気が変って、お箸の先を方向転換させる。それが大変いけないそうだ」

「どういけないのですか」

「お行儀が悪いと云うのだろう。心得ておきなさい」

「僕はそんなことをしないから、まあ大丈夫です」

「しないと云っても、そう云う事は、半分は無意識だぜ」

「無意識でもしません」

「あんな事を云ってる」

「はあ」

「いやに断断乎《だんだんこ》としているじゃないか」

「僕はですね、もうこっちの魔法罎《びん》はあんまりありませんね」

「随分早いじゃないか、貴君《きくん》」

「僕はですね、僕は御馳走を目で見て、見分けて、選り好みなんかしません」

「どうするのだ」

「お箸にさわった物を食べちまいます」

「目くらの様な事を云うじゃないか」

「お箸が見分けて摘《つま》みます」

「これこれ、僕の様な利口なおやじをつかまえて、人をたぶらかそうと掛かってはいかん」

「本当です」

「もう大分痛い。交替しよう」

「いいですか」

「一寸《ちよつと》待った。この前の物を食べてしまう」

横浜を出るか出ないかに、初めの魔法罎は空になった。「銀河」は大船にも停まる。大船を出て、旧暦正月二十九日の闇夜《やみよ》の相模《さがみ》平野を驀進《ばくしん》する間に、もう一本の魔法罎が怪しくなって来た。

「矢っ張り足りないか知ら」

「はあ」

「貴君《きくん》とのいつもの定量より、少くはない筈《はず》なのだが」

「汽車が走りますから」

「その所為《せい》だね。ボイに頼もう」

狭い部屋の中を、非常に敏捷《びんしょう》に立ち廻り、あっちの隅にあるベルを押して、その儘ドアの所に起《た》ち、ボイの来るのを待った。

顔を出したボイに、お酒を買ってくれと頼んでいる。畏《かしこま》りました、この次の小田原でもとめますと云った。こっちから、私が口を出した。

「お燗《かん》をしたのを売っていないかね」

「それは私の所で、お燗をしてまいりますから」と云った。

そう云えば一等車のボイがいる所には、いつもお湯が沸いている筈である。

それで一先《ひとま》ず安心し、安心した拍子に残っていたのは忽《たちま》ち空《から》になり、小田原の先でボイがお燗をして来てくれたのも、目出度く片づいて、もう寝る事にした。何しろ明日の朝は早い。非常に早くて、寝るのが心許《こころもと》ない位である。味爽《まいそう》六時四十何分に京都駅へ著《つ》くから、それより前に起きていなければならない。起きて寝不足の欠伸《あくび》ばかりしてはいられないので、支度をして少くとも洋服を著ていなければならない。こないだ奥州《おうしゅう》の横手へ行った時、朝八時過ぎに著いたので、汽車を降りてから気分が悪かったが、明日の朝はそれどころの騒ぎではない。止んぬる哉《かな》、止んぬる哉と思っている内に、眠ってしまった。山系君は私が明日の朝の事を気に病む前に、鉄《かね》の梯子《はしご》で上段へ攀《よ》じ登り、天井裏のどぶ鼠《ねずみ》は一足先に夜船を漕《こ》ぎ出した様であった。

五　京都駅の鯉《こい》

朝早い乗換えは、覚悟の上ではあったが、矢張りいけない。

京都の空は晴れていて、少し冷たい朝風が歩廊を吹き流れている。すがすがしいと人は云う所だろう。私は風が顔に当たるのもうるさかった。

むっとして駅長室に這入り、助役に案内されて奥まった応接室に落ちついて見たが、面白くない。寝不足だと云っても、決して眠いわけではない。新特急の発車迄《まで》にまだ一時間半も余裕があるから、ここで居睡《いねむ》りをして、少しでも寝の足りない所を補う、なぞと云うそんな悠長な気持にはなれない。しかし、それではその間に何をしなければならないかと云うと、何もする事はない。ただ、朝がこんなに早いのが気に食わない。抑《そもそ》も何時間寝なければならぬと云う、そんな取りきめはない。寝不足でも寝過ぎでも、どっちでもいいから、起きた時が、こんな非常識な早朝でさえなければいいのだと、一人で腹を立てたが、すでに起きて、洋服を著て、歩廊の風に顔を撫《な》でられて来たのだから、もう止むを得ない。

ただ、ここにこうして腰を掛けた儘、便便と特別急行第五列車の発車を待っているのは、じれったい。又考えて見ると、もっと時間が経《た》って、発車間際《まぎわ》になれば、私共と同じ様に招待を受けた紳士達が、この駅長応接室へやって来るだろう。知らない人の顔を見るのも面倒臭い。

「山系君、動物園へ行って来ようか」

「動物園ですか」

「彼等はもう起きているだろう」

「猛獣でしたら、夜通し起きていて、これから眠たくなる所ではありませんか」

「そうだそうだ、こっちが寝不足なので、動物の昼と夜を取り違えた。しかし門番はもう起きてるだろう」

「門番は起きているでしょうけれど、門の扉や、切符売場はまだ閉《し》まっていますね」

「そうか知ら」

「まだ早過ぎますもの」

「それじゃ、どうする」

「開《あ》くのを待っていたら、汽車が出てしまうかも知れませんから、よしましょう」

「よして、どうする」

「どうするって」

「植物園へ行こうか」

「植物園がありますか」

「あるか無いかは知らない」

兎《と》に角《かく》応接室を出て来た。早朝でも駅の中は人が混雑している。東京駅よりは下駄の音が多い。それだけに、うるさい。

外へ出て、車寄せに起った。京都駅前の町の姿には馴染《なじ》みがある。しかし見馴れない建物も出来ている。少し遠くは朝霧だか靄《もや》だかが立ち罩《こ》めて、模糊《もこ》としてよくわからない。

ぼんやりしている目の前に、タクシイが来て停まった。

「これに乗って行こうか」

「どこへ行くのです」

「どこでもいいね」

「そうですね」

乗ろうと思ったら、中に人がいる。二人並んで腰を落ちつけた儘《まま》、じっとしているから、この車は駄目かと思う。しかし外《ほか》には見当たらないから、別の所へ動いて行く意味もない。だから人の乗っている自動車の前に、矢張りじっと起っていた。

何だか車の中でもそもそやった挙げ句に、お客をその儘にして、運転手が降りて来た。そうしてどこかへ行ってしまった。

　私が思うに、車内の二人の男は、どこかよろしくない所へ泊まって、朝の汽車に間に合う様に出て来たらしい。しかし、その所見を山系君に披瀝《ひれき》することはよした。彼が若いから差し控えたと云《い》うのではないが、どうでもいい事を口に出して云うのが面倒臭かった。

　大分経ってから、運転手が走って帰って来た。車内に這入って、又もそもそして、それから二人が降りた。

　運転手も車外へ出て、私共に、「お待ち遠さまでした」と云う。乗ろうかと腹の中で考えただけで、まだ何も云わないのに向うでそうきめたのだが、別に異存はないから、黙って乗った。

「どちらへ」

　黙っていたら、構わず向うの方へ走らした。そうしてもう一遍尋ねた。

「どちらへいらっしゃいます」

「どこでもいい」

　矢っ張り向いた方へ走り続けた。大分行ってから、山系君が運転席の靠《もた》れに乗り出して、動物園を蒸し返した。

「兎に角、行って見ましょうか」と運転手が云ったが、それは私が遮った。

「それより、もっと近い所を、ぐるぐる廻ろう」

「どの辺をお廻りになりますか」

「どの辺でも構わないけれど」

京都には旧友もいるし、亡友の未亡人の家もある。しかしこんな時間にそう云う所へ闖入《ちんにゅう》すると云う法はない。

山系君と運転手と私と三人合議の上で、先ず京都御所のお庭を歩いて見る事にした。中へ自動車は這入れないと云う。それは構わないから、御門の外で待っていろと云っておいて、蛤御門《はまぐりごもん》で車を乗り捨てた。

寝は足りなくても、お庭はすがすがしい。足許のこまかい小石が露にぬれて、踏んだ後を振り返りたくなる程美しい。蛤御門から歩いて行くと、御所の横腹に突き当たる。筋屏《すじべい》の下を清冽《せいれつ》な水が流れている。この前京都に来た時、御所に這入ってこの水を眺めたのは、二十年昔か三十年昔か判然しないが、水の姿はその時と変らない。人が見ても見なくても、覚えていても忘れても、同じ方に向かって、微《かす》かな水音を立てながら流れ続けているのだろう。この水は御所のまわりを四角に廻って、もとの所へ戻って樋《ひ》に落ちると云う事を人から教わった覚えがある。少し無理な話の様な気がするけれど、本当だろう。水について御所のまわりを廻って見た事はないし、今日も寝不足でその気力はないが、一人でそうときめて、そのつもりで足許の流れを指ざしながら、山系君に教えておいた。

筋屏《すじべい》の角を曲がって、建礼門の前まで行き、そこから引き返して門外に待っているさっきのタクシイに戻った。

のろのろ走らせながら、これからどこへ行こうかと云う相談をする。すぐ駅へ引き返しては、まだ早過ぎる。運転手が勧めた二三の場所は、行って見てもいいけれど、行かなくてもいい。みんな廻っていれば、遅くなるだろう。

「御見物なのですか」と運転手が更《あらた》めて確かめた。

「いや見物と云うわけでもない」

車が四つ角へ来たので、運転手が躊躇《ちゅうちょ》している。平安神宮へお詣《まい》りしようと云う事になって、そっちへ車を向けた。走りながら、さっきのお客は、なぜいつ迄も車を降りなかったのだと聞いて見たら、八十円の料金なのに千円出して澄ましているから、それで暇取ったと云った。それで車内で揉《も》めていたのだろうと思うけれど、外から見ていて、ちっともそんな風はなかった。運転手が根《こん》まけしてお金を崩しに出て行ったので、お客はその間じっと待っていたのだろう。

「何となく、じれったいね山系君」

「朝が早過ぎますからね」

どう云う返事なのか、よく解《わか》らないが、車が平安神宮の横腹から這入《はい》って行って、停まったから降りた。歩いてあっちへ行って見ようと思う所に、恐ろしく大きな犬が二三匹いる。耳が立っていて物騒な毛並《けな》みで、人がついてはいるけれど、鎖を手離しているから、こわい。そっちへ行こうと思うと、犬がこっちを見る。行かれやしない。お詣りして来ようなぞと、気の利《き》いた事を云ったが、気味が悪いから礼拝もせず、お賽銭《さいせん》も投げずに、その儘車に戻った。

「平安神宮は丹塗《にぬ》りだね」と云った。

丹塗りの赤い社殿の広前《ひろまえ》に、茶色を帯びた黒犬が、大きな口から舌を出していただけで、私には初めての平安神宮参拝はお仕舞になった。

駅に向かって帰る途中、三条大橋を渡りかけた時、東岸の崖下《がけした》を流れる疏水《そすい》の大きな水の塊りを山系君に見せておこうと思って、運転手に一寸《ちょっと》車を停めろと云ったが、そう云った時はもう橋の上にかかっていたので、橋の上では駐車が出来ないと云うから、あきらめた。

三条小橋の方へ走りながら、

「旦那《だんな》方は、何か御視察なのですか」と運転手が尋ねた。水の塊りを視察してどうするかと云う事は、後で考えた上でなければ返事が出来ない。

駅へ帰って見ると、さっきは人気《ひとけ》のなかった応接室が大変混雑している。だれがそう云ったか忘れたが、私の名前を二三人の人に紹介された。段段人の顔がふえるので、こうしてはいられない。目先がうるさいだけでなく、部屋の中が息苦しい様でもある。山系君をさそって、窓越しに見える中庭へ出て見た。

長方形の小さな池がある。底が浅くて、片隅に睡蓮《すいれん》が植わっている。水の中に、どう云う料簡《りようけん》だか、姿の悪い鯉が一匹放ってある。丸丸ふとっていて、料理するには手ごたえがありそうだが、観賞魚としての姿態は全く備えていない。退儀《たいぎ》そうに、のろのろ動くのを見ていたら、欠伸《あくび》が出そうになった。

六　神戸に停車しない

時間前になって、駅長の先導で、そこいらに起《た》ったり坐《すわ》ったりしていた諸氏が改札の方へ歩き出したから、その中にまぎれ込んで歩廊へ出た。新車で編成した特別急行第五列車「かもめ」は新鮮な姿で朝の光線の中に我我を待っていた。

特別二等車の指定された席に、山系君と並んで落ちつき、鯉も犬も御所の水も皆朝の夢だった様な気持で発車を待つばかり、と思ったがそうは行かない。まわりの諸氏は矢張り起ったり坐ったり、車外に出たり、又這入って来たり、何が忙しいのか、ちっともじっとしていない。しかしじっとしていろと云うわけには行かない。観念のまなこを半閉じにして、人が見たら白い眼をしていたかも知れないが、周囲の騒ぎをそらそうとしていると、急に耳のそばで甲高《かんだか》い声がする。びっくりして目を見開いたら、舞妓《まいこ》が幾人も、だらりに結んだ帯を垂らして、座席の横を小走りに向うへ行ったり、又戻ったり、頻《しき》りに何かしゃべっているが、よく聞き取れない。厚化粧《あつげしよう》や濃い口紅が、ホームの反対側の窓から射《さ》し込む朝の光でばらばらになって、あんまり綺麗《きれい》ではない。

牽引《けんいん》機関車C59の汽笛が鳴って、動き出した。八時三十分、勿論《もちろん》定時発車である。これからこの機関車が走り続けて、西へ三百八十一粁《キロ》、広島に著《つ》く迄《まで》は一回も機関車の附け換えをしない。京都広島間を一輛《りよう》の機関車で走破するのは、その能力を限度まで利用する事になるそうで、それは機関車の附《つ》け換えに要する停車時間を出来るだけ切り詰めようとする為《ため》である。

京都の駅は構内が馬鹿《ばか》に広い。段段速くなって来ているけれど、まだ構内を出切らない。構内の方方にいる現場の諸君が、勿論彼等に汽車が珍らしい筈《はず》はないのに、丸で田舎の子供が汽車を眺める様な顔をして、どこかの小屋から走り出して来て、何本目かの線路の向うに堵列《とれつ》し、目を輝かしながら見送っている。手を挙げて、機関車に向かって歓呼する者もいる。新らしい特別急行列車の処女運転と云う事が、関係者にはそんなにうれしいのかと思い、その様子を見て渋い目の渋が取れる様であった。

京都を離れてから、本式に速くなり、じきに大阪に著いた。プラットフォームは大変な賑《にぎわ》いである。それは車室の外の、窓の向うの事だから構わないが、その騒ぎのかけらが人の姿になって、幾人も私共の車室に這入って来る。その中には昭和二十五年の秋、大阪へ出掛けた特別阿房《あほう》列車の時以来の知り合いの顔もある。彼は管理局の甘木君である。甘木君曰《いわ》く、何何新聞が御感想を聞きたいと云っていますから、一寸会ってやって下さい。

かねて期《ご》したる事なれば、勿論おことわりはしない。不得要領の応対で御免を蒙《こうむ》る。済んだと思うと、又別のが来る。汽車は大阪を出て、神戸に向かって走っている筈だが、神戸は通過して停まらないそうで、この列車の下りだけは三ノ宮に停車すると云うから、変な話である。

その三ノ宮の一分停車の間に、放送局が録音に来る筈だから、何か一言二言話してくれと甘木君が云う。それは御勘弁を願いたいと云ったが、一寸でいいからと云う。甘木君との話しを段段曖昧《あいまい》にして、うまく逃れようと考えていると、その内に三ノ宮に著いたけれど、放送局はやって来なかった。私が我儘を云って彼を困らしているのでは、申し訳がない。

甘木君がいい工合でしたと云った。

一分停車だから、三ノ宮はすぐに出たが、その短かい一分の間、ホームは大変な騒ぎであった。小学校の生徒を引率して来たのか、孤児院の子供が狩り出されたのか知らないが、人ごみの中に、踏み潰《つぶ》されそうな小さな子が旗を持って堵列《とれつ》し、大人も幟《のぼり》や花を持って、右往左往に騒ぎ立てた。ホームの天井裏につるした萬国旗の間には、特急停車期成同盟と書いた紙がひらひらしている。同じ神戸の市中に在りながら、神戸駅と三ノ宮駅とが新特急「かもめ」の停車で争い、結局下りは三ノ宮駅停車、神戸駅通過、上りは神戸駅停車、三ノ宮駅通過と云う変な事に納まったらしい。

神戸駅と三ノ宮駅とで争ったと云っても、実は各《おのおの》の地元が国鉄に対して、その意地を通そうとしたので、だから国鉄は両方から詰め寄られて、その決裁に迷い、困った挙げ句に右の様なおかしげな停車と通過でお茶を濁した。それで双方の顔を立てたと云うつもりなのだろう。

東海道本線の終点、山陽本線の起点である神戸駅を、片道だけにしろ通過駅に扱ったのは、鉄道と云うものの姿から考えてよろしくない。「つばめ」が沼津に停車して静岡を通過し、「はと」が静岡に停車して沼津を通過すると云うのとは話が違う。

こんな曖昧な処置に出たのは、国鉄が段段に高貴なる官僚精神を失いつつある証左であって、人が嫌ってもいいから、毅然《きぜん》としてサアヴィスを行うと云う精神に欠けている。サアヴィスとは愛想顔、御機嫌取りの意味ではない筈である。

しかし今になって私が腹を立てて見ても、一旦《いったん》そうときめた三ノ宮停車を取消す事は六《む》ずかしいに違いない。だからそれはその儘にして、つまり下リ第五列車だけの停車と云う恰好《かっこう》を残し、一分間停車を三十秒に切り詰め、それは上野新潟間の急行「越《こし》路《じ》」にも例がある事だから勿論出来る。そうしてそこから先の技術的な遣《や》り繰りは私などには解らないが、前後のどこかで何とか都合をつけて、神戸駅停車を実現する様に国鉄に御奮発を願いたい。

思えば夢か時のまに
　五十三次はしり来て
神戸の宿に身をおくも
　人に翼の汽車の恩

これは鉄道唱歌の終節の一つ手前であって、同第二集山陽線の始まりは、
夏なお寒き布引《ぬのびき》の

瀧の響きをあとにして
神戸の里を立ち出《い》ずる
山陽線路の汽車の道

その神戸駅を、特別急行「かもめ」が通過する。つまり走り抜けると云う法はない。

七　曲がった鉄橋

私の念願が叶《かな》って、第五列車が神戸駅に停車する事になると、きっと又三ノ宮がうるさいだろう。そう云う事なら上り第六列車も、三十秒でいいから三ノ宮に停車させろと云うに違いない。三ノ宮に停まる事に異存はないが、少しでも時間を切り詰めようとする特別急行が、神戸三ノ宮間、僅《わず》か二粁《キロ》半許《ばか》りの間で著いたり出たり、その前後に徐行したりしては間拍子《まびょうし》に合うまい。

それで私は国鉄にいい事を教える。今度の「かもめ」の話だけでなく、今後の事もあるから、神戸と三ノ宮の間をプラットホームでつないで仕舞いなさい。片庇《かたびさし》のトタン屋根で沢山で、ただ続いてさえいればいい。そのホームの一方の出口を神戸口とし、一方を三ノ宮口とする。それで万事が簡単に解決する。

右は私の懐抱する輸送計画の腹案の一端に過ぎないので、先年、汽車があんなに混雑して、乗客も鉄道側も困《こう》じ果てていた時、当局に献策しようと思ったが、つい忘れてその儘《まま》になった。どこに適用しても効果は同じ事であるが、例えば東海道線の混雑に手がつけられないとする。これを解決するには、東京大阪間を長いプラットホームでつないでしまう。東の出口を東京とし、西の出口を大阪とする。東京から大阪へ行こうとする者は、東京で入場券を買って、ホームに這入ればいい。ホームを伝って行くと大阪口から出られる。勿論汽車もレールも保線の苦労もいらない。相当長いからホームの途中で日が暮れる。あんまり屋敷が広いので、離れへ行こうとすると、廊下で日が暮れて、そこで一晩寝たと云《い》う話を聞いた事がある。先《ま》ずその伝《でん》だと思えばよろしい。

さて、歴史的の神戸駅を走り抜けた第五列車「かもめ」は、須磨明石《すまあかし》の海岸を過ぎて、姫路に向かい驀進《ばくしん》している。私は須磨や塩屋垂水《たるみ》の海の色、舞子《まいこ》の松を車窓から眺めるのを、いつもあの辺《あた》りを通る時の楽しみにしているけれど、寝起きの悪い目には絶景も却《かえ》ってうるさい。いつの間にか、うつらうつらし出した。人の大勢いる中で、特に知った者もいる前で、居睡《いねむ》りなぞするのは見っともないから起きていようと思う。そう思った事は確かに思ったのだが、姫路に停まって、姫路を出たのを知らなかった。気がついてから、おやおやと思った。姫路を出れば、次の停車駅は岡山である。ちっとも帰らないけれど、郷里はなつかしい。そこへ近づくのだから、もう起きていようと思う。抑《そも》そもこうして、この新らしい特別急行に乗っていて、行く先に何か用事があるのだったら、途中を眠って通るのもいいか知れないが、どこまで行っても用事と云うものはない。ただこの汽車に乗りに来ただけである。だから寝るのはよそうと思っている内に、それも亦《また》、確かにそう思った筈なのだが、岡山の県境《けんざかい》、船坂峠の三石隧道《ずいどう》を通り抜けたのを知らなかった。

吉永、和気《わけ》を過ぎた時分から漸《ようや》くはっきりして来た。もう今度は本当に寝ないつもりである。じきに吉井川の鉄橋にかかった。吉井の鉄橋は川の中で曲がっている。曲がった鉄橋と云うのは、外《ほか》に例があるか知ら。子供の時、高等小学で先生から教わった話では、日本中どこにもない、吉井川の鉄橋だけだと云う事であったが、そう教わった当時から五十年の歳月が過ぎている。一たん曲がって架かった橋は、五十年経《た》っても、ぴんと真直《まっす》ぐにはならないが、日進月歩の鉄道の事であるから、その間どこか外の所の川で、曲がった鉄橋を架けていないとは限らない。

高等小学校の先生は、橋が曲がっているのは、こっち岸と向う岸と両方から計って来た測量が間違ったからだと教えた。そんな事があるものか否《いな》か、今考えて見ても私には解らないが、川の中の橋は短かい程いいに違いない。一番短かいのが直線だと云う事ぐらいは私にだって解《わか》る。

ところがその先生の話の当時は、この辺は単線であったが、今は複線になっている。下り線がもとからあった方で、上り線は後から出来た新線である。その新線の上りの鉄橋まで、少し離れた上流でちゃんと曲がっているのを、或《あるい》は曲げてあるのを今度初めて見て、何の為に吉井川の鉄橋が曲がっているのか、全く解らなくなった。

曲がった鉄橋を渡って萬富駅を過ぎ、次の瀬戸を通った時分から、又座席の下の線路が、こうこう、こうこうと鳴り出した。遠くの方で鶴《つる》が啼《な》いている様に聞こえる。鹿児島阿房列車の前章でもこの事を書いたが、快い諧音《かいおん》であるけれど、何となく悲しい様な、淋《さび》しい様な気持がする。瀬戸、西大寺、岡山の間だけでなく、岡山を出た西の方の線路にも、この音のする所がある。速い時に鳴り出す様で、大体七八十粁《キロ》前後にならなければ、鶴は啼かないのではないかと思う。

空川《からかわ》の百間川の鉄橋を過ぎ、旭川《あさひがわ》の鉄橋を渡って、岡山へ著いた。いつでも岡山を通る時は、車外へ出て歩廊を歩いて見るのだが、今日は混雑しそうだから、よそうと思う。又新特急の処女運行だと云うので、いろんな人が来ていて、その中に知った顔があると面倒である。座席にじっとしているに限る。そう思っていると、向うの窓をとんとん敲《たた》く者がある。大きな声で「栄《えい》あん、栄あん」と私の名を呼んでいる。

おさな友達の真さんがそこに起《た》っている。

「わあ、いたいた」

しかし、この汽車に乗っているのが、どうして解《わか》ったのか、解らない。

「そりゃ、あんた、こないだ東京で会《お》うた折、あんたがそう云うたがな」

一緒にお酒を飲んだ時、そう云ったのだろう。しかし云った覚えはない。

「覚えとらん。そう云うたかな」

「云うたから、知っとるんじゃがな。それ見られえ。ちゃんと乗って来とらあ。わっははは」

これから博多、八代《やつしろ》へ行くところなのに、東京へ持って帰るお土産の大手饅頭《まんじゅう》を、箱入りと竹の皮包みと、私が時時夢に見る程好きな事を知っているものだから、持ち重りがする位どっさり持って来てくれた。饅頭に圧《お》し潰されそうだが、大手饅頭なら潰されてもいい。昔の同じ町内で、私や真さんより少し歳下《としした》の保さんも来てくれた。歳下と云っても勿論大きなおやじである。早咲きの桜の小枝を馬上杯《ばじょうはい》に生けたのを持って、車内へ這入《はい》り、私の座席の横に釣るしてくれた。桜の枝は博多のホテルまで持って行き、馬上杯は東京へ持って帰った。

三分停車で十一時四十七分、岡山を発車した。

八　特別急行「からす」

岡山の次の停車駅は広島である。間にある大小二十六駅を通過して、百六十余粁《キロ》を二時間半で一息に走破する。無停車の区間としては国鉄で一番長いそうだが、笠岡《かさおか》と尾ノ道で瀬戸内海が一寸《ちょっと》見える外は、沿線の景色に変化がないから、退屈でない事もない。

同車の諸氏も所在がないと見えて、段段に静まって来た。方方の席で居眠りが始まったのだろう。

その間に色色新聞や放送局のインタヴィウを受けた。覚悟の上だからお相手はしたが、聞いた方も丸で意味はなかったのではないかと思う。お役に立つ様な受け答えが出来る筈《はず》はないのだから、止《や》むを得ない。

その中の一人は、隣りにいた山系君が気を利《き》かして起った後の席に坐《すわ》り込み、私に寄り添う様にして尋ねた。

「大阪から乗られましたか」

「いや京都から」

「いかがです」

「何が」

「沿線の風景に就いて、感想を話して下さい」

「景色の感想と云うと、どう云う事を話すのだろう」

「いいとか、悪いとか」

「いいね」

「しかしですね、今、日本は戦争か平和か、国会は解散と云うこう云う際に、この様な列車を走らせる事に就いては、どう思われますか」

「そんな事の関連で考えた事がないから、解らないね」

「更《あらた》めて考えて見て下さい」

「更めても考えたくない」

「国鉄のサアヴィスに就いては、どうですか」

「サアヴィスとは、どう云う意味で、そんな事を聞くのです」

「車内のサアヴィスです」

「それは君、今日は普通の乗客でないのだから、いいさ」

「サアヴィスはいいですか。いいと思われますか」

「よくても、いいのが当り前なんだ。よばれて来たお客様なのだから」

「広島へ行かれましたか」

「行った」

「いつです」

「最近は一昨年《おととし》」

「原爆塔を見られましたか」

「見た」

「その感想を話して下さい」

「僕は感想を持っていない」

「なぜです」

「あれを見たら、そんな気になったからさ」

「その理由を話して下さい」

「そう云う分析がしたくないのだ。一昨年《おととし》広島へ来た時の紀行文は書いたけれど、あの塔に就いては、一言半句も触れなかった。触れてやるまいと思っているから、触れなかった」

「解りませんな」

「もういいでしょう」

漸く隣席から起ち上がった。「お忙しい所を済みませんでした」と云って向うへ行った。

大阪の管理局の甘木君が、にやにやしながら、通路に起っている。

「僕はちっとも忙しくなかった。おかしな事を云いますね、甘木さん」

「口癖なんですね、お疲れのところを、と云う可《べ》きだったな」

それから広島に著き、又ホームで一騒ぎして、人が出たり這入ったりして、広島を発車した。

沿線の畑に麦が伸びかけている。窓の外は全くの春景色である。そうして少し曇りかけて来た。広島で附け換えた機関車の白い煙が、竹藪《たけやぶ》の中へ這入って、通過する迄《まで》、出て行かないし、消えもしなかった。

宮島の波の中のお鳥居が見えて、その後又暫《しば》らくの間海の景色が展《ひら》けたが、手前の島の上を越した沖の空は、次第に暗くなっている。遠くの方は雨が降っているかも知れない。

この新特急第五、第六列車は「かもめ」と云う呼び名で登場したが、あまりいい名前ではない。戦前の「つばめ」の姉妹列車に「かもめ」と云うのがあって、東海道線を走っていたが、これはその言葉に意味はなくても、同じ線を同じ様に走るので、

「つばめ」のメ、「かもめ」のメの押韻《おういん》に趣きがない事もなかった。今度の新「かもめ」は第一にそう云う使い古しの名前を持ち出して、新らしい所を走る新らしい列車に冠したと云うのが知慧《ちえ》のない話だし、京都博多の間に鷗《かもめ》にゆかりのある海が見える所はそう長い距離ではないから、今度の様に「かもめ」と云う言葉に意味を持たせて、瀬戸内海に沿って走るからと云うのは、こじつけである。糸崎から分かれて海岸線を広島に出る呉《くれ》線の列車なら、鷗に因縁がない事もないだろう。ところがこの列車は糸崎から先のその辺《あた》りで段段に山と山の間に這入り込み、無暗《むやみ》にカアヴして山の裾《すそ》をうねくね廻り、山の鴉《からす》をおどかして走るのだから、特別急行「からす」と云った方がよかったかも知れない。

九　右書き左書き

機関車給水の為《ため》に停車する小郡《おごおり》を過ぎると、後は下ノ関、門司《もじ》、小倉《こくら》で博多に著《つ》く。昨夜、寝が足りなかったのは、いつ迄もお酒を飲んでいたからであり、今朝が早過ぎたのは、「銀河」の時間がそうだったのだから、それを承知で乗ったのだから、止むを得ない。しかしながら、昨日の宵《よい》八時半に東京駅から走り出して以来、間に京都で中断したにしろ、何しろ長い間汽車に乗り続けて、少少くたびれた。もうここいらで降りたいけれど、そうは行かない。

無暗に走って、名前も解らない駅を通過する。ホームに立てた駅名標がすっすっと飛んで、書いてある字は中中読めない。今は全部左書きである。左書きの方が読み易《やす》いホームと、左書きでは汽車の進行と逆になって、読みにくいホームとがある。そんな事から、山系君と左書き右書き論をしていた。

貴君《きくん》、僕は仮名遣いの問題とちがって、左書き右書きをそう窮屈に考えてはいないよ。決して右書き論者だと云うわけではない。第一、僕自身学生の当時からノートはすべて左書きにしている。外国語のまじらない、国文学のノートでもみんな左書きだ。縦に書いていた友達もいたけれど、そんなのは例外で、だれだって、みんな左書きで、それが普通で当り前だ。

しかし僕の本の表紙や扉の問題になると、話しが違う。そう云う箇所の左書きは、僕はそれでいいと云う気になれない。ところが今は大体みんな左書きだから、それを無理に右書きにすると、見る人の目に抵抗感を与える結果になる。僕は自分の所見を譲歩するのはいやだし、人に見せる為の物を、人に見にくくするのも無意味な意地だから、成《な》る可《べ》く横書きを避けて、縦に書いて、そう云う問題に触れない様にする。しかし表紙や扉には装釘《そうてい》意匠の問題もあって、その方の制限で縦には書けない場合がある。そう云う時は必ず右書きにする様、僕は固執する。

今の事は知らないが、僕が日本郵船にいた当時まで、郵船の船は舳先《へさき》の舷《げん》側に書いてある船の名前が、みんな右書きであった。ところがそれが両側にあるから、一方は船の進行に合っているが、一方は必ず逆になる。逆になった方を左書きにすれば、両舷共進行方向に合って読み易いだろうと思った。しかしその日本字の船名の下に、羅馬《ローマ》字が書き添えてある。船の進行方向の如何《いかん》に拘《かかわ》らず、羅馬字を右書きにするのは困難である。そうだろう貴君《きくん》、だからそう云うわけなのだ。

「はあ」と彼が云った。「門司の管理局に機関誌がありまして、大分前の話ですが、その創刊の時、表紙の題字を右書きにするか、左書きにするかで、大層揉《も》めました。汽笛と云う名前なのです。表紙の意匠に合わして、それを仮名で書こうと云うのですが、議論が二派に岐《わか》れて、両方とも譲らないから、大分上の方まで持ち出して争うと云う様な事になりました」

「それで上の方はどう決裁したのだ」

「雑誌が出来て見たら、汽笛は仮名で書けば、右から読んでも、左から読んでも、同じ事でした」

山系に一杯食わされてぼうっとしている窓外に、暮色が迫って来た。時時窓硝子《ガラス》に雨の玉がぶつかって、筋を引いて流れた。

博多に著く前に、又インタアヴィウが来た。今度は放送局だそうである。しかし録音するのではない。所感を尋ねて、それを放送員が放送すると云う。いかがでしたと聞くから、疲れたと云った。御尤《ごもっと》もで、車中はうるさかったでしょう、と親切な質問をする。

「人に構われたくなかったのですけれど、こう云う日に乗ったのだから、止むを得ません。そう云えば、あなたも矢張りその一人だ」と云ったら、気の毒だと思ったのか、腹を立てたのかわからないが、簡単に行ってしまった。

それから間もなく博多に著いた。博多には雨が降っている。雨のホームは又大変な騒ぎで、人が一ぱいに詰まり、楽隊ががたがた鳴り、手近かで爆竹の音がし、雨空に花火が轟《とどろ》き、萬歳の声が辺りの噪音《そうおん》を圧して、車内にいても、のぼせ上がる様である。もう降りようと思うけれど、すぐには車外へ出られない。

博多まで来たのだから、これで今日の御招待が難有《ありがた》く終った。難有かったけれど、矢っ張り新特急の試乗は今日でなかった方がよかったと思う。いろいろ気が散って、気分に纏《まと》まりがなくなった。みんな人の所為《せい》であって、そう云う人が乗る日に、乗り合わせたのが悪い。

人ごみの中から、賓也《ひんや》君の顔がデッキのステップの前に近づいて来た。彼は昔の私の学生であったが、今はこちらで大きな顔をしているらしい。今晩の宿は管理局の方で用意すると云《い》うのを辞退して、賓也に頼んでおいたから、そこへ連れて行ってくれる為に出迎えたのである。

漸《よう》く歩廊へ降りて、人に揉まれながら陸橋を渡り、挨拶《あいさつ》の為に駅長室へ這入《はい》ったが、人人が右往左往して、だれに何と挨拶すると云う方針も立たない。いいから行ってしまおうと思う。そこへ新聞記者が来て、これこれの者だが、感想を云えと云う。感想はないと云っても、それでは承知しない。何と受け答えをしたか忘れたが、要するにその場を逃れる為の口から出まかせを二言三言弁じて、それでいい事にして貰《もら》って、さあ出掛けようと思う。

そこへ車中で顔馴染《なじ》みになった管理局の係が来て、皆さん晩餐会《ばんさんかい》に出席されるのだが、なぜ来ないかと云う。行かないと云った覚えはないが、云わなくても行くつもりはないので、云えば行かないと云うだけの事である。だからその順序を省略した交渉で、大変話しが簡捷《かんしょう》である。御招待を受けて、博多まで来たから、著いたところでもういいと云う事に考えている。どうかそれでいい事にして下さい。

十　食堂の紅毛人

本式の洋風ホテルを頼んでおいた。賓也《ひんや》君にそこへ案内されて、一室に落ちつき、さて考えて見るに、我我はまだ夕食前である。もう一階上の食堂へ行く事にした。

窓の外に雨が降り灑《そそ》ぎ、雨の中にネオンサインの色が変ったり、明滅したりする。賓也や山系と三人で杯を挙げて、これから疲れを癒《いや》そうと思う。

タブル・ドオトは面倒臭い。又コースがお酒に合わない。好みの註文をしようと思う。賓也に相談を持ち掛けると、もう晩の御飯を食べて来たから、軽い物でお酒だけ戴《いただ》きますと云う。

前前から今晩は御馳走《ごちそう》すると云ってあるじゃないか。

そのつもりだったんですけれど、家を出掛ける前にみんなのお膳《ぜん》が出まして、腹がへってたものですから、それを見たら食べたくなっちまって、つい食べたらおなかが一ぱいになりました。もうおなかは一ぱいです。

仕様がないな、と云おうとしている所へボイが来て、新聞社がそこで待っていると云う。そんな筈《はず》はない。このホテルへ来た事はだれも知らない。

しかし現にそこにいるらしい。ボイの後から顔を出したのを見ると、さっきの駅長室の記者である。おまけに写真班も来ている。顔を合わしたのに、ことわるのは骨が折れる。無理にそんな事をすれば、後のこっちに不愉快な気持が残るだろう。止《や》むを得なければ止むを得ないので、それにはお酒の進まない内早い方がいい。

両君を食卓に残して中座し、ロビイに出て、ここ迄来るとは驚いたね、どうしろと云うのだと尋ねた。

社へ帰ったら怒られたのです。もう一ぺん行って要領を得て来いと云われたので来ました。少し話して下さい。

写真を写して、それから二言三言その記者と話しをした。その後は、僕は君が何と書いても文句を云わないから、僕が云ったと云う事にして構わないから、そっちで書いてくれたまえと云った。それでお引取りを願い、両君が待っている食卓に戻って、それから漸くお酒が廻り出した。

何しろ疲れているので、大変うまい。尤も疲れていなくても、うまい事に変りはないから、疲れているだけが余計な酒の肴《さかな》かも知れない。それに私は昼間の内はいつでもお行儀がいいので、今日も車中お祝いの食堂に案内されて、飾り立てた食卓についたけれど、すすめられた麦酒《ビール》は飲まなかった、だからなおの事うまい。

三人が少し饒舌《にょうぜつ》になりかけた頃、横の方で荒荒しい声がし出した。私共の食卓から少し離れた席に、一人で食事していた紅毛人が、すっくと起《た》ち上がり、手を振って怒号する。ボイがその前で、弁解しているのか、あやまっているのか、私の方から見るとうしろ向きになっているので、様子はわからないが、そこへ支配人の様なのも出て来て、なだめに掛かった。それでもますますいきり立って止《や》めない。註文が間違ったのか、持って来た料理が気に食わぬのか、そのわけは知らないけれど、ホテルの食堂で、他にもお客がいるのに、一人でわめき立てて自制する事が出来ない。お酒を飲んでいる風でもないので、酔っ払いではないらしい。うるさいけれど、憐《あわ》れな気持がする。いつぞやも列車食堂の中で、無暗《むやみ》に怒っていた紅毛人を見た事がある。彼等は家郷を遠く離れて私共の所に迷い込み、或《あるい》は連れて来られて、何でもない事に腹を立てている。可哀想《かわいそう》だが捨て置く事にして、こっちはおとなしく、お行儀よく、しかしいつ迄も飲み続けて、長尻《ながじり》をした。

十一　再　認　識

スプリングのついた寝台は好きではないが、そうなっている物は止むを得ない。そっと寝てよく眠って、目がさめたら朝で雨が降っている。

ゆっくりして、一服も二服も三服もして、折角この通り朝から起きているのだから、朝食にしようと思う。しかし朝食の為《ため》に食堂へ出掛けるのは面倒臭い。又朝食にすると云うのは、その順序の事であって、何を食べると云うつもりはない。何も食べたくはない。なんにも食べない者が食堂へ行っては、手持ち無沙汰《ぶさた》である。

山系君がそこにいなかったが、ボイを呼んでアイスクリームを三つ持って来いと命じた。山系君が来たので、アイスクリームを食べるだろうと聞くと、アイスクリームは食べないと云う。それなら、彼が一つ、私が二つのつもりだったが、三つとも食べてもいい。

しかし僕は食堂へは行かないつもりだ。僕もいいです。それじゃ何か持って来させなさい。そうします。アイスクリームは断じて食べないのだね。食べたくありません。

暫《しば》らくしてボイが、珈琲《コーヒー》とトーストと、別にアイスクリームを三人前運んで来た。その三つをみんな私の前に列《なら》べて、端のカップから一匙《ひとさじ》ふくむ。大変うまい。昨夜もお酒の後でみんなで食べたが、昨夜のはクリーム・サンデエであった。今朝のは、初めからボイに白いのを持って来いと命じたから、三つ共白い。その色と、円く盛り上がった肌が、朝の目をすがすがしくする。家にいるとそう行かないが、旅行に出れば私はアイスクリームばかり食べている。好きなのだろうと思うけれど、どこがどういいのか、考えて見た事もない。味もよくわからない。味わい分けたり、比較したりする事は丸で出来ない。ただ子供の時珍らしかった衛生元祖アイスクリン以来、いつでも、あれば食べたいと思う。

一人前済まして、二つ目に掛かった。もう大分口の中が冷たい。山系君はトーストをかじっている。それに珈琲だけでは、彼はおなかがへらないかなと案じながら、二つ目の仕舞頃になったら、少し口中が冷た過ぎて、もういいと思い出した。だから矢っ張り私が二つ、彼が一つで丁度よかったのだが、食べないと云うから仕方がない。そこで三つ目に匙を突っ込んだ。

三つ目の半《なか》ば頃になると、口の中がしびれて、舌に感覚が無くなり、匙でしゃくって入れても、溶けて咽《のど》を流れるところしか感じない。味も解らず、特に冷たいと云う事もない。初めの内は冷たいのがすがすがしい気持であったが、もう何ともない。そうして余りいい気持ではなくなった。少し頭痛がする様でもある。

あまり冷たいと、頭痛がするものかも知れない。賓也《ひんや》より一二年下の学生で、だから今は勿論《もちろん》大きなおやじで、紳士だが、彼は夏の暑い盛りに氷のすいを幾つでも飲む。或《あ》る時七杯飲んだら、七杯目には頭ががんがん割れる様に痛くなったと云う話をして聞かせた。

理窟《りくつ》を考えれば、氷のすいよりも、アイスクリームの方が冷たいだろう。兎《と》に角我《かく》慢して三つ目を綺麗《きれい》に片づけた。第一、山系の前で残したりしては、沽券《こけん》にかかわる。冷え切った口で煙草《たばこ》を吸い、暫らくそうしていたら、しびれが取れてもと通りになり、頭痛もなおった。

それで支度をして、出掛けた。東京へ帰るのではない。八代《やっしろ》へ行くのである。八代と云う所に勿論用事はないが、この前の阿房《あほう》列車の後で、奥羽《おうう》の横手と熊本の先の八代へはもう一度来て見たいと思った。こないだ横手へはもう行って来た。それで今これから八代の再遊を試みようと云うのである。

十時五十九分博多発、下り三五列車「きりしま」で行く。一昨日まで「きりしま」は三三列車であったが、昨日から新特急「かもめ」の運転が始まったお蔭《かげ》で、ダイヤグラムに変更があり、列車番号も変った。

早目にホームに這入《はい》り、ホームで見送りだか昨夜の御挨拶《あいさつ》だかに来た賓也と起ち話しをした。「きりしま」はもう這入っている。博多で十四分停車だから、まだゆっくりしていい。それに、これから乗る汽車の横腹に起っているのだから、こんな安心な事はない。そう思っている目の前で、前でなく横だったからなお更驚いたのだが、その「きりしま」が動き出した。はっと思って、そちらに向き直って見ると、発車ではなかった。前部についている一等寝台車と、二等寝台車と、特別二等車を二輛《りょう》聯結《れんけつ》している中の一輛と、〆《しめ》て三輛を博多で切り離すのである。その為に十四分も停車する。そうと解《わか》って、ほっとした。そうして定時に発車した。

八代まで、急行でも三時間半かかる。鳥栖《とす》、久留米《くるめ》、大牟田《おおむた》、熊本に停車して、雨中の八代に著《つ》いた。夜来の雨の雨脚《あまあし》が、八代では余程繁《しげ》くなっている。更《あら》めて思うに山系君は全く天の成せる雨男である。どこへ行っても、雨が降っている。それとも彼にそなわる通力があって、到《いた》る所で雲をよび雨をよぶと云うのなら気味が悪い。

雨の繁吹《しぶ》くホームに降り立ち、手荷物を持ち分けて陸橋を渡った。陸橋の階段を降りて、駅長室の方へ行く間に出口の改札がある。駅長室へは明日の帰りの切符の事で顔を出さなければならない。そっちへ歩いて行きながら、何の気もなしに出口の方を見ると、雨中に傘をさした女が二人、こっちを見ている。すぐに、今晩の宿の女中が迎えに来たと云う事が解った。会釈《えしやく》を返して、一寸《ちよつと》待てと云う相図をしておいて駅長室へ這入った。

我ながらよくわかったものだと感心した。山系君来ているじゃないかと云うと、僕はもとから、階段を降りた時から知っていましたと云う。

しかし私は、この前の時の、お庭の見える奥の座敷を取っておけと云う葉書を出し、従って今日来る事は通じておいたが、彼女等が出迎えるとは思っていなかったから、咄嗟《とっさ》にその人体《にんてい》と顔を再認識したのはえらいと思う。彼女等の一人は臺湾《たいわん》引上げの本《もと》島《じま》さん、一人は朝鮮帰りの御当地《ごとうち》さんであった筈《はず》だが、今改札の外に並んで起っていた中の、どちらがどれであったかは、その区別と分離は私には出来ない。二人をつっくるめて一昨年《おととし》の初夏の記憶を甦《よみがえ》らし、合計した再認識で、よく来てくれたと思った。

駅長も一昨年来た時の顔馴染《なじ》みである。係が明日の切符を作ってくれるのを待つ間、雑談する。駅長さんが云うには、あすこは、もとの通りやって居《お》られますけれど、女中が変りまして。

おやおやと思う。切符の事が済んで、改札を出て、彼女等が傭《やと》っておいた自動車に一緒に乗った。一人は助手席に乗ったから、うしろ向きで顔はわからない。もう一人の方が私の横に乗った。

あんたは、もとじまさんか御当地さんか、どちらだ、と尋ねた。

御当地の方で御座います。

もとじまさんはどうした。

あの方は、こちらに人絹《じんけん》会社が御座いまして、人絹会社の寮の寮母さんの様なお役目で、そっちへお変りになりました。

「するど」と云って私はうしろ向きの彼女を指ざした。「この人は、僕は知らないのだね」

「はい、新らしい人で御座います」

おやおやで、全く赤面の至り、知らない顔を再認識して、ややあや暫らくと云うつもりの会釈をした。まあしかし、半分は当たっていたのだから、零点《ゼロ》の成績ではない。

自動車の通る道に馴染みがある。両側とも覚えている。人の顔は見誤っても、景色の記憶は間違っていない。

車中で御当地さんが云うには、奥のお座敷の事を伺う前から今晩の会のお約束が御座いまして、あすこがふさがりますけど、五時に始まって、八時頃には終ると思いますから、その間はどうかお二階の方でおくつろぎ下さい。お二階は最近に手入れをして、解放する事に致しました。

解放すると云うのは、私なぞでも這入れると云う意味だろう。この宿はいつぞやの巡幸の折の行宮《あんぐう》になったそうで、二階を御座所にあてたから、今は閉め切ってあると、この前来た時油紙女史が話した。

そこへ通されるのは恐縮だが、そう云う事だって、止《や》むを得なければ止むを得ない。

十二　杏子《あんず》の花

通された二階の座敷は、古びていて、寧《むし》ろすすけていて、その趣きで立派ではあるが、天井がいくらか低い感じがする。そう思ったのは、二間《ふたま》続きの手前の方の座敷には絨氈《じゅうたん》を敷き、テーブルと椅子《いす》が据えてあったので、先《ま》ずそれに腰を掛けたら、そんな気がしたのかも知れないが、お出先の事にしろ、御座所としては少しく貧相である。奥の方の座敷は座布団《ざぶとん》で、普通の二倍も三倍もある大きな脇息《きょうそく》が置いてある。

お茶を持って来た御当地さんに、油紙女史はどうしたと聞くと、あの方ももういないと云《い》う。

それではこの前来た時のお馴染みは、あんただけだね。

新らしい女中ばかりなので、勝手がわからないから、彼女が残って采配《さいはい》を振っている様な話である。つまり油紙女史の後任と云うわけなのだろう。

下のお客は何だと聞いて見た。幼稚園の先生と父兄の懇親会だと云う。それでは八時には済むと云うわけに行かないだろう。いいえ、そう云う会なので御座いますから、お料理もきまって居《お》りますし、お銚子《ちょうし》は一本ずつとなっていますので、そう長くなるわけはありません。

御当地さん、それは違うよ、と私が云った、お酒が一本ずつと云うのは、あてがわれた人がその一本しか飲まないと云う事ではない。一本ずつ頭数《あたまかず》だけ出ていれば、飲まない人の分が飲みたい人の方へ集まって行く。何人来るのか知らないけれど、それだったら相当廻るに違いない。

山系君が口を出した。そんな時はですね、僕達も時時そう云う会がありますけれど、飲まない人の隣りへ行って、その分を飲もうと云うのは駄目です。飲むものばかり一かたまりになって、全体のお酒がその前へ集まる様にすると随分飲めます。

雨が降り続けて、うすら寒い。大きな宣徳《せんとく》の火鉢が二つ置いてある。ついその傍へ寄りたくなって、手をかざしながら灰の中を見ると、炭火のいけ方が、こないだ内出掛けた雪中の新潟や横手の火鉢とは工合が違う。尤《もっと》も南と北と隔たっていると言うだけでなく、時候もその間に大分移っている。

まだ晩のお膳《ぜん》には早い。その間なんにもする事がない。山系君も目白がふくれた様になって黙っている。

起《た》って障子を開けたら、庇《ひさし》にいたらしい鳩《はと》が、近い羽音を立てて、ぱっと飛んだ。鳩も驚いたのだろうけれど、こっちもびっくりした。あんまり静かなので、それだけの物音にも、どきんとする。

こちらの障子を開けると、しんとした静けさの中に、杏子《あんず》の花が咲いている。花盛りの枝が、池の縁から乗り出して、音のしない雨の中に的皪《てきれき》と光った。

障子を閉めて座に返り、ぼんやりしていると、鴉《からす》が啼《な》き出した。八代の鴉は声柄《こえがら》が悪い。一昨年《おととし》のと同じ鴉ではないかと思う。する事がないから又座を離れて、鴉を見に起った。お庭の芝生に四羽いた。少し離れているし、黒いから鴉の顔はわからなかったが、こっちの小屋根にも鳩が五六羽いて、うずくまって、ふくれて、実に景気の悪い顔をしている。雨が寒いのだろう。

お庭の池は水が抜いてあると見えて、浅い所は涸《か》れて、凹《へこ》みにだけ残った水に小さな水波が立ち、そこへ雨が降り灑《そそ》いでいる。御当地さんが、今は食用蛙《がえる》の大きなお玉杓子《じゃくし》がいると云ったが、明日お天気になったら、お庭へ出て、見ようかと思う。

又火鉢の傍に戻って、じっとしている。じっとしているより外に、ポーズの作り様がない。昨夜はホテルでよく寝て、今朝はゆっくり起きたから疲れてはいないし、眠くもない。何でも出来るけれど、なんにもする事がない。昨日一日の車中にくらべて極楽である。八代へ来てよかったと思う。

夕方近くなって、少し風が出たらしい。潮騒《しおさい》の様な音がする。しかし海は遠くて、浪音《なみおと》が聞こえる筈はないので、松籟《しょうらい》かも知れないと思う。その微《かす》かな響きを貫く様に、雨の中で鵯《ひよどり》の声がした。

お膳が出る前になって、面倒だったが奮発して風呂《ふろ》に這入り、それから床の間の前の大きな脇息に片肱《かたひじ》を掛けて一献を始めた。山系もうふくれた目白の様ではない。下の幼稚園の宴会は果して八時なぞには済まなかった。十時にも十一時にもなった様である。黒田節を合唱する声が上まで聞こえて来たりした。遅くなってから、下の座敷に移って寝た。

十三　又　寝

翌朝《よくあさ》目がさめて、一寸手洗いに行って、又寝をするつもりで帰って見ると、赤い毛糸を著《き》た若い女中が三人、手分けして、非常に忙しそうに私の寝床を片づけている。驚いて止《や》めさしたが、丸で猿が働いていた様に思われて、芝居の高時の天狗《てんぐ》の手下を聯想《れんそう》した。もう一度敷き直さした寝床に又寝して、午頃《ひるごろ》更めて起きた。

先にとっくに起きて、朝飯を済ましている山系君が、お庭へ出て見ろと云う。今日は雨上りの日本晴れである。庭下駄をつっ掛けてついて行った。一昨年《おととし》来た時は、お庭の向うの方は歩かなかった。

ぶちの犬が出て来て、尻尾《しっぽ》を振りながらつきまとった。一昨年《おととし》油紙女史が紹介したポインタアだろう。事によると犬の方で私共の顔を覚えているのかも知れない。いやに馴れ馴れしく振舞う。この前の時は庭先の踏み石の上から顔を出しただけだが、今日その全身を見ると実に不細工な恰好《かっこう》をしている。京都駅の鯉《こい》そっくりである。後になり先になりして、私共が一廻りして座敷に上がる迄《まで》、離れなかった。

お庭の所所に、こちらから目立たない物蔭《ものかげ》に、大きな甕《かめ》がいくつも転がっている。どうするのだろうと云ったら、山系君がこの辺は水に不自由するのではありませんかね、と云った。そう云えば八代に近づく沿線の百姓家の庭にも、飛んでもなく大きな甕がおいてあるのを方方で見た。

納屋《なや》の様な建物の軒下に、二三尺の舟が寄せ掛けてあった。人が乗るには小さ過ぎる。お池に浮かべて眺めるのだろう。矢張り領主様のお屋敷跡だと思った。池の縁を廻ったが、大きなお玉杓子はどこにいるか解《わか》らない。座敷に戻って、もう立とうと思う、鶺鴒《せきれい》の声がする。

そうして出発した。宿を出発し、八代駅を出発し、汽車が動き出してから、宿の門前の麦の青青した色を思い出した。

今日はお天気がいいので、沿線の景色に春光が溢《あふ》れている。白桃の花、梨《なし》の花、紅梅、柳の枝、伸びかけた麦に一ぱいに日があたり、明日の今頃まではどの位伸びているだろうかと思う。それはいいけれど、野良《のら》のどこにも百姓が出ていない。家で何をしているのかと考えたが、解らない。八代を出たのが三時半、矢張り「きりしま」の上りである。博多に近づく前に、遠い向うの山が暮れかけた。

十四　狸《たぬき》の独楽《こま》

博多で聯結した一等車のコムパアトに移り、食堂車へ行って適当に済まして、早目に寝た。そうして翌《あ》くる日は遅く起きた。今日もいいお天気である。昼間の内のコムパアトは陰気で鬱陶《うっとう》しいから、隣りの一等室の座席に遷座《せんざ》して、窓外の春景色を眺めた。

浜松が近くなる辺《あた》りで、向うの青黒い山のうしろに、目がぱちぱちする様な雪の山の頂きが見えた。こっちの空には、白い小さな切れ雲が浮いている。私の若い時の俳句に、うららかや藪《やぶ》の向うの草の山、と云うのがある。その通りの景色があった。今日は彼岸の入りである。

一服しながら考える。一等車に乗っている人はみんなえらいだろう。それを自分で知っている様子である。しかし自分が知っただけではいけない。人にもそう思わせなければならない。人に自分がえらいと云う事を示すのに、にやにや笑っていながらそう思わせるのは中中六《む》ずかしいだろう。手近かな方法は怒った顔をするに限る。えらい人がみんなそう思っているか、どうか知らないが、所所の停車駅で乗り込んで来る一等客は、申し合わせたように腹が立って仕様がない様な顔をしている。しかし、本当に腹が立つ事があって、それから一等車に乗って来たのかも知れないから、立腹顔とえらいのとを一緒に考えていいか悪いか、解らない。

静岡に著《つ》いたら、窓の下へ山系の後輩の蝙蝠傘《こうもりがさ》君が走って来た。彼とは私も昵懇《じっこん》である。

八代の宿でお土産に貰《もら》った狸の独楽《こま》をやろうと思う。大きさは家鴨《あひる》の卵を立てた位である。かぶっている笠《かさ》を抜き、首を抜き、台から胴体を抜くと、みんな一つずつの独楽になって、ひねればくるくる廻る。窓の縁で山系君が実験して見せた。

「いいか、そら」

「成る程、成る程」とませた口調で感心する。

笠を廻して、次に首を廻す。

「これは便利です」とおかしな相槌《あいづち》を打つ。

発車のベルが鳴り、山系がばらばらにした狸を、まだもとの様にしない内に動き出した。

蝙蝠傘が窓について歩いている。

山系があわてて、狸の顔の向きを逆に差し込んだらしい。

「あっ、これはいけない。おい君、顔の向きが違っているからね」

「結構です」と云いながら、ねじれた狸を手に持った儘《まま》、速くなった窓の後に消えた。

雷九州阿房《あほう》列車　前章

一

暦の上の入梅から十日許《ばか》り過ぎた。その前半の幾日かは、曇りの日が続いたが、また快晴の空を仰ぐ日もあったけれど、後半はずっと雨と、たまに上がればかぶさった様な曇天で、梅雨の入りからまだ何日も経《た》たないのに、雨はもう沢山だと云《い》う気がした。

今日、六月の二十二日も雨である。お午《ひる》まえ、不世出の雨男ヒマラヤ山系君が面白くもなさそうな顔をしてやって来た。但《ただ》し、そう云ったのは、彼が怒っていると云う事を表現したのではない。何でもいいから、一つの命題に対して、そうでもないと云う顔をしている様に見えると云う迄《まで》の話で、だから、面白くなさそうな顔、と云うのを命題として立てれば、面白くなくもなさそうな顔をして来たと云う事が出来る。どっちでもなく、どっちでもなくもなく、彼がやって来た。

「行きますか」

「行くよ。なぜ」

「雨が降っていますから」

「雨は汽車に屋根があるから構わない」

「はあ」

　自分の持って来た小さな風呂敷《ふろしき》包みと、私の方で揃《そろ》えておいた諸品とを、上手に旅行鞄《かばん》に詰め込んだ。いつも旅立ちには同じ旅行鞄をさげて行き、もう大分手馴《てな》れて自分の鞄の様な手ざわりになったが、実は私の鞄ではない。交趾《こうし》君からその度に借りて用を足す借り物である。随分立派な鞄であって、彼は大分高いお金を払った様な話である。或《あるい》は月賦《げつぷ》の分割払いをしたかも知れない。高い物は品がいい。だれが払ったにしろ、又月賦であろうと即金払いであろうと、そう云う事は品物の本質に関係はない。全くいい鞄で、私が持つとよく似合う。その鞄を借りて行く様になってから、旅先で人に馬鹿《ばか》にされる事もなくなった。

　いつぞや交趾君は、役所の委嘱を受けて出張し、彼の鞄を彼がさげて出掛けた旅先で泥坊に会って、新調の仕立下ろしの、それこそまだお金が払ってない洋服一式を盗まれた。帰って来てから、その話を聞いて一番に私が心配したのは鞄の安否である。

洋服を盗まれたと云っても裸で帰って来たわけではないし、後の始末をどうするか、そんな事は私の知った事ではない。ただ、鞄が無くなったと云う事になると、彼の所有物であるから、損をするのは彼自身であって、人に波及する事件ではない、とは行かない。忽《たちま》ち私が迷惑する。彼の不注意の為《ため》に私が困る。ところがその泥坊は、鞄に目をつけなかったそうで、だから無事であったから、その後の借用も円滑に運んでいる。

旅の手廻りは数が少い程いい。山系君は、いつもの事で馴れているから、要領よく詰め込んで、どんなもんだと云う風に手を膝《ひざ》においた。

鞄の外《ほか》に、この前の時は三脚を持って行ったが、今度は必要がない。この前と云うのは、山陽本線の新特別急行「かもめ」の処女運転に乗りに行った時で、京都からその新特急に乗る為、東京を前晩の「銀河」で立った。「銀河」には食堂がついていない。それでコムパアトで食事する為、と云うよりは一献する為に、絵かきが使う三脚を持って行った。今度の旅程では、往《い》きの最初の一晩と、帰りの最後の一晩とを、汽車の中で寝る事にしたが、往きも帰りも鹿児島急行「きりしま」のコムパアトである。「きりしま」には一車の食堂車がついている。だから三脚はいらない。

それでこの前の時の厄介荷物が一つへったが、その代りに蝙蝠傘《こうもりがさ》を一本持って行く事になった。但し私や山系君が差す為ではない。前稿「春光山陽特別阿房列車」の最後の章に登場する静岡の蝙蝠傘君と云う、山系の後輩の青年が、東京に出て来た時、車中で蝙蝠傘を盗まれて、東京と云う所は油断のならない、恐ろしい所だと述懐した。時は梅天だし、彼は今、傘がないだろう。傘のない蝙蝠傘に蝙蝠傘を一本与えて、名詮自性《みようせんじしよう》のプレゼントにしようと思い立った。随分いい傘を買って来て、用意してある。三脚の代りに今度はそれを持って行く。三脚も蝙蝠傘も細長いから、鞄に持ち添えて大して邪魔ではない。私共の乗った汽車が静岡を通過する時、駅へ出て来て請取《うけと》る様に、そう云っておいた。

　ところがその連絡を山系君がしようとしたら、出張でいなかったそうで、だから本人に伝える事が出来なかった。しかし私共の通過する当日までには帰って来るだろうと云う事なので、兎《と》に角《かく》蝙蝠傘は持って行く事にしたが、若《も》し当日、ホームに顔を見せなかったら、その儘《まま》網棚に載せて、汽車が著《つ》いたら宿屋へ持って行き、翌《あ》くる日又汽車に乗せて九州各地を持ち廻り、帰りの静岡通過の時に渡す事にしようと覚悟をきめたが、話しが前後するけれど、いい工合に行きがけの汽車に出て来たから、厄介荷物を持って廻らないで済んだ。話しの前後の序《ついで》にこの件を済ませておくが、九州から帰って来た後で、彼から蝙蝠傘のお礼を云って来た。よろこんだ挨拶《あいさつ》なので、それはいいけれど、雨の時にさすと悪くなるから、雨が降っている時は使わないと云う。話しが、前後でなく、横へ辷《すべ》って始末が悪いが、私は小学校の時、作文の時間に記事文の書き方を教わった。

成リ立チ。種類。効用。この順序で書かなければいけない。

傘ハ紙ト竹ニテ成リ、日傘ト雨傘トアリ。日傘ハ日ノ照ル時ニ用イ、雨傘ハ雨ノ降ル時ニ使ウ。

静岡の蝙蝠傘にやった蝙蝠傘の用途は、勿論《もちろん》雨傘である。この雨続きにそれを使わないと云うから、じれったい。

蝙蝠傘で別の事を思い出した。戦前の或《あ》る年の夏、郵船鎌倉丸に辰野隆《たつのゆたか》博士と同船した。横浜から乗って、行く先は神戸で、何の用事もない阿房《あほう》航海であったが、辰野さんは奥さんと坊っちゃんを同伴した。

退屈な午後、甲板のデッキチェヤで、辰野さんのいない時、奥さんと話しをした。

「お宅の先生は、蝙蝠傘を忘れて来ませんか」

しょっちゅう置き忘れて来るので困ると奥さんが云った。

「ああ云うえらい先生になると、蝙蝠傘を忘れるものです」

そんな事があるものかと云う顔を、奥さんがした。しかし辰野さんは大学で劫《こう》を経た大博士であって、えらい。蝙蝠傘を忘れて帰る事は奥さんが証言している。矢張り私の云う事に間違いはない。えらい先生は蝙蝠傘を忘れて来る。

「そう云う時、奥さんは一本ずつ買って、それをお渡しになるのですか」

それは勿論そうすると奥さんが云う。

「そりゃ駄目です」と私が云った。「辰野さんは、今後とも引き続いて、蝙蝠傘を置き忘れて来るでしょう。蝙蝠傘と云う物は、一打《ダアス》ずつ纏《まと》めて、おもとめになるのがよろしい」

一どきに蝙蝠傘を十二本も買ってどうすると、奥さんが思った様である。人の事ならそんなに迄気前のいい私に、感心するか、あきれるかしたかも知れない。

しかし、云わない事ではないので、それから間もなく戦争になり、いくさに負けて、あの通り日本中の物は何もかも無くなってしまった。それでも辰野さんは矢張り蝙蝠傘を忘れて来たそうで、以前と違い、その補充にお困りになったと云う話を後で聞いた。その当時私の云った通りになされたなら、世間に買い溜《だ》めなぞと云う観念のなかった時分だから、だれに気兼ねをする事もなく、迷惑を掛けるわけでもなく、忘れて来るに従ってすぐに間に合い、事によると家にそれ程沢山蝙蝠傘があると思えば、そう思った為に或《あるい》は遺忘癖も下火になったか知れないとさえ考える。

出立《いでた》ちの鞄の用意が出来て、蝙蝠傘を持ち添えるばかりになった。しかしまだ出発していない。蝙蝠傘から横へそれて出端《でばな》で暇取ったが、もういい加減で本筋に返り、さていよいよ出掛けよう。外は雨が降っているが、大した事はない。

外へ出たらすぐにタクシイの空車が来た。だから乗ったけれど、中央線の市ヶ谷駅も四谷駅も近い。自動車に乗らなくても、電車で行けば東京駅の中まで這入《はい》る。二三年来の阿房列車の初めの内は、特別急行の一等車に乗る旅行でも、東京駅迄は電車で行って、それが普通であった。この頃はそうでない。大概タクシイで出掛ける様である。自動車に乗ったから贅沢《ぜいたく》だと云う事もないが、電車の料金より高いことは高い。だから無駄だと云う意味で無駄を排除しようと云う方へ、考え方を向けるのはこの場合よくない。それを考えつめれば、阿房列車が成り立たない。つい自動車に乗る様になったのは、往来に自動車の数が多くなったからで、この責めは自動車の方にある。

自動車だから、すぐ東京駅に著いた。余り時間が早過ぎるので、乗車口の入り口で、靴を磨かせた。私の靴はいいから、磨き甲斐《がい》がある。靴磨きもさぞ本懐であろうと思う。キッド皮の深護謨《ふかゴム》であって、滅多に人が穿《は》いていない。そうして、鞄と違い、私自身の物である。阿房列車の初めの内、穿いて出掛けたのは、横腹に大きな穴があって、そこに継ぎを当てたから見苦しくない事もなかったが、今のはそうでない。深護《ふかゴ》謨《ム》の二代目であって、某閣下の穿き古しの払い下げを受けたのである。ちっとも痛んでいないから、丸で新品である。磨き上げたら、縫い目のないキッド皮が足頸《あしくび》の所まで柔らかく光り、足を動かす時に出来る皺《しわ》に深い底光りがして、王様が歩き出した様な気がした。

そうして静静と改札を通った。山系君は鉄道の現職にいる職員である。しかし諒解《りょうかい》を得て休暇を使って、私と同行する場合、その職務上の権限を行使す可《べ》きではない。私と同じく普通の乗客として、切符を買って乗るのが当然である。だから一等切符が二枚、それに改札係がパンチを入れた。但し普通の固い切符ではない。私共は初めに先《ま》ず八代《やつしろ》まで行く。八代は博多の先の熊本のまだ先である。ところが「きりしま」の一等車は博多までしか行かない。博多で切り離してしまうから、その先は二等になる。そこで等級の違う旅行をする事になるので、異級の特種補充券と云うものを発行してくれる。それが即《すなわ》ち切符であって、改札係はその紙片にパンチを入れるけれど、丸で書きつけの様で、切符の手ざわりではない。帽子のリボンに挿し込むには適当でない。

もう一度、八重洲《やえす》口寄りの改札を通って、そこで急行券のパンチを受けて、そうして五番ホームに上がったが、まだ早過ぎる。私共の乗る急行「きりしま」は十二時三十五分の発であって、その五分前の十二時三十分には、同じホームの十番線から特別急行「はと」が発車するが、「はと」もまだ這入っていない。「きりしま」の出る九番線には正午十二時発の米原《まいばら》行普通列車が、もう大分お客を乗せて静まり返っている。

こうして早手廻しにやって来て、そのホーム迄出たけれど、実は行く所がない。行く所ではない、いる所がない。仕方がないから、帚《ほうき》や塵取《ちりと》りを入れるらしい大きな木箱の蓋《ふた》の上に手荷物を置き、それに靠《もた》れて煙草《たばこ》を吸った。早からず遅からず、丁度いい工合に出て来ると云うのは中中六《む》ずかしいが、遅過ぎて乗り遅れたら萬事休する。早過ぎて、居所がない方が安全である。しかしこう云う来方を、利口な人は余りしないと云う事を知っている。汽車に乗り遅れる方の側に、利口な人が多い。

どこかへ出掛ける時、いつでも見送りをしてくれる夢袋《むたい》さんから、二三日前に電話が掛かって来た。見送りをしてくれると云ったのは、穏やかにそう云いつくろったので、実は夜汽車の寝台車の時なぞ、却《かえ》って恐縮だから、よして下さいと云っても、彼は決して止《や》めない。千萬人ト雖《イエド》モ吾《ワ》レ往《ユ》カン矣と思っているのかも知れない。その夢袋さんが、今度もお見送りをすると云う。

「どうぞ、どうぞ、今度は昼間であるし、時間も丁度お役所のお午休《ひる》みの間だから、御辞退しない。賑賑《にぎにぎ》しく見送って戴《いただ》きましょう。どうかお願いします」

「そう云われると、行く張り合いがないんですけれど」

彼はそう云ったけれど、しかし来る事はきっと来るだろう。その夢袋さんもまだ来ていない。つまり早過ぎるのである。

大分経《た》ってから、目の前の米原行三三一列車が動き出した。だからやっと十二時になった。その列車の最前部に近い辺《あた》りに塵取りや帚の箱があったので、それに靠《もた》れて見ている目の前の近い所を、列車の全長が通り過ぎた。次第に速くなって行く最後部の辺りで、少しく眩暈《めまい》がする様な気がした。昔学校の教師をしていた時分の同僚に、ふとった漢文の先生がいて、お午の弁当の時、天丼《てんどん》を二つ続けざまに食べたのを学生が見つけて、評判にした。私が、学生がそう云って騒いでいますよと云うと、二つでは足りない、近頃は三つが普通です。もっと前には五つずつ食べていましたと云った。そう云う時は、初めに三つなら三つ、五つなら五つを一どきに註文するのです。後から後から追加したのでは食べられるものではありませんと云う話であった。決して洋服を著《き》た事のない先生で、いつでも著物の前をはだけて、少し涎《よだれ》を垂らしている。その先生が駅のホームに起《た》って、汽車の到著《とうちゃく》を待っていたら、そこへ地響きを立てて這入って来た。先頭の機関車が目の前を通った時、頭がぐらぐらして、乗り物に酔った時と同じ気持になり、まだ乗らない内に、機関車を見ただけで気分が悪くなって、その場でホームにげろを吐いたそうである。

五番ホームの向う側の十番線に、第三列車「はと」が牽引機関車《けんいんきかんしゃ》に牽《ひ》かれて這入って来た。こちらの米原行が行ってしまった後の九番線にも、随分長い編成の「きりしま」が這入って来た。コムパアトのある一等車は、下りの時は一番前で、荷物車一輛《りょう》を隔てて、すぐに機関車である。塵取り箱の所から、まだ余っ程そっちの方へ歩いて行かなければならない。

私共より一足前に、恐ろしく威張った紳士が這入って行った。一等車の年配のボイが、ぺこぺこお辞儀をしている。余程えらいのだろう。後で、発車してから、そのまわりを御高説を伺ったり、御指導を願ったりするのが取り巻いて、うるさかった。

私や山系だって、えらい。えらくないと云《い》うわけはないだろう。だから同じくそう云う風に這入って行った。ボイは矢っ張りお辞儀をする。

奥にあるコムパアトまで行かずに、その手前の一等車の座席で立ち停まった。

「ボイさん。昼間の内はこっちにいたいと思うけれど、ここはあいているかね」

「どうぞ、どうぞ。あいて居《お》ります」と云って、隠し持ったる布巾《ふきん》を取り出し、一寸《ちょっと》テーブルの上を拭《ふ》く真似《まね》をした。

それでそこに落ちついた。ホームのごみ箱に靠《もた》れているよりは、遥《はる》かにいい。なぜコムパアトへ行かないかと云うに、昼間のコムパアトは薄暗くて鬱陶《うっとう》しい。陰気で留置場の様だと思いたいが、まだ阿房《あほう》警察をした事がないので、実況をよく知らない。何しろ昼の内はあいているこっちの席に、晩、寝台が下りる迄《まで》お邪魔しようと思う。

一旦《いったん》コムパアトへ行った山系君も、こっちへ出て来た。そこでアイスクリームを食べた。山系と云う人は、大酒飲みである癖に、麦酒《ビール》や炭酸水の類になると、大口に、咽《のど》を鳴らして飲むと云う事が出来ない。じれったい程暇を掛けて、大体気が抜けてしまった頃にやっと一杯を飲み終る。アイスクリームなどもそうで、何をしているのか解《わか》らない程少しずつ、二十日鼠《ねずみ》がかじる様に食べる。しかし必ず食べてしまう。私はそうでない。べろべろと片づける。済んでそっちを見ると、彼はまだ途中《みちなかば》なりと云う所である。時間の上で彼に合わせる為《ため》に、私はもう一つ食べる事が出来る。そうしてアイスクリームがもう一つある。しかし残っているのでなく、ある様にしてあるのだから、食べてはいけない。夢袋さんが来ると云うから、彼の為に取ってあるので、私の追加分ではない。

そこへ、窓の外に、おかしげな、天つじにぽっちのある頭巾《ずきん》をかぶった夢袋さんが顔を出した。中へ這入って来て、アイスクリームを食べた。取っておいたのだと云ったら、よろこんだが、見送りを奨励していると思いはしないか。見ていて、うまそうなので、その口舌の快感が、彼にそう云う判断をさせないとは限らない。夢袋と山系の人物月旦《げったん》の載っている部内の新聞を取り出して、彼が読んでいる。丁度今、出来て来たばかりだそうで、読み終ってから、大変書き方がうまいと褒めた。後で私も読んで見たが、色色持って廻った挙げ句、二人をそれぞれ褒めてあるので、褒め方がうまいと云う事だったらしい。

ホームの向うの第三列車「はと」が動き出した。見る見る辷《すべ》る様に行ってしまった。その後《あと》五分だから、すぐにこちらも発車した。

二

さて、走り出した。汽車が走るので、乗っている私の身体《からだ》にも、スピイドが加わって来る。非常な勢いで動いて行く。発車する前は色色気が散ったが、動き出してから、却って落ちついた。

落ちついて考えて見ると、全く何も用事がない。行く先はあるが、汽車が走って行くから、それに任しておけばいい。私が自分の足で走るのでないから、どこへ行くつもりでこの汽車に乗ったかと云う事を、忘れても構わない。又走って行く汽車の中で、一たび何も用事がないと云う事になれば、その後から新らしく用事が発生するわけもない。車内には私に接触し関聯《かんれん》する社会はない。面識があるのは、前の座席で曖昧《あいまい》な顔をしているヒマラヤ山系氏だけである。しかし彼は、阿房列車の旅行では、私の外界ではない。

何もする事がない。手足を動かす用事はない。ただ考えている。何を考えるかと云うに、なんにもする事がないと云う事を考える。そうしてその事の味を味わう。何もする事がなければ、どうするかと云うに、どうもしないだけである。二三度そんな事を繰り返して、いい心持でぼんやりして来た頭の中に、少しくはっきりした事が纏まり掛ける。眠くはないかと云う事。何か食べる気はないかと云う事。

そこに気がついて見ると、眠くないと云うのはおかしいと思い出した。昨夜は、今日の事があるから早く寝ようと思いながら、矢っ張りいつもの通り二時近くなった。そうして今朝は、出来るだけゆっくり寝た上で起きようと思ったのに、何かのはずみか物音かで、六時に目がさめた。勿論《もちろん》又寝《またね》をするつもりであったが、どうも時間が心配で、寝ていられなくなってしまった。思い切って起きたので、眠った時間はいつもの半分にも足りない。だからこうして、走り出した汽車の中で落ちついて、何もする事も気に掛かる事もないのだから、この座席で居睡《いねむ》りをしようかと思う。それが中中思う通りに行かない。汽車が好きだから乗りに来て乗っているので、その乗り心地、走り工合、窓の外の景色等が一一《いちいち》気になって、目なぞつぶっていられない。大森と蒲田《かまた》の間を走っている。この辺りの沿線に気になる所はないが、何でもなくても、時時の旅行の走り出しに見馴《みな》れた家並《やな》みや道路や立ち樹《き》が、すっすっと窓外を辷って行く趣きは、矢張り目を離す事が出来ない。だから、眠い事は解っているけれど、眠たくても眠るわけに行かない。

腹がへっていないかと云う方の問題は、咽喉《のど》の奥からすぐに答えが出た。そこへ気がついた以上、一刻も早く何か食べたい。今朝はそんなに早く起きたのに、レモンを一顆《か》しぼった汁と、牛乳を一合飲んだだけで、固まりの物は咽喉を通していない。私は胃弱ではなく、腹をこわしてもいない。これでは、落ちつけば空腹を自認するのが当り前である。山系君は朝食をして来たと云ったが、食べた後の彼の腹は、食べなかった私より、もっとへっているに違いない。意嚮《いこう》を伺うに、そうしましょう、つまり何か食べましょうとすぐに賛成したから、早速起ち上がって、大分先の方にある食堂車へ出掛けた。

半端《はんぱ》な時間なので、食堂はすいているが、がら空《あ》きではない。今時分ここへ這入って飲み食いしている連中は、皆お行儀の悪い人人だと思う。しかし私に限って、そうではない。私には今日の初めての朝食であり、或《あるい》は遅い午飯である。私は昼酒は飲まない。簡単な物を誂《あつら》え、炭酸水を飲んで、お皿が来るのを待った。

「只今《ただいま》よくすいていますね」と山系が薄笑いをして、辺りを見廻す。

食堂車を聯結した汽車で旅行すると、時時座席の間へ食堂車の女の子が出張して来て、只今御定食の用意が出来たとか、間の時間で一品料理の御註文に応ずるとか云う事を、少し節をつけた口調で述べ立てる。その仕舞に必ず、「皆様どうかお出《い》で下さいませ。只今食堂はよくすいて居ります」と云う。この「よくすいて居ります」がいつでも気になって仕様がない。

「この列車はよくこんでいる」なら、混雑している事がしばしばあると云う意味で、おかしくない。従って、「よくすいている」も、すいている事がしばしばあると云う意味なら、それでいい。

「食堂車は只今よくすいて居ります」の「よく」はそうでない。十分に。頗《すこぶ》る。非常に。随分。申し分なく。皆様がおくつろぎ下さる程度に。色色パラフレーズして置き換えて見ても、しっくりしない。「よく」と云う副詞の奇想天外な用法で、類例を思いつく事も六《む》ずかしい。非常に耳ざわりで、不愉快で、女の子が口上を始めると、又それを云い出しはしないかとひやひやする。そうして彼女は必ずその文句をつけ足し、云わずに済ませる事はない。東海道線、山陽線、東北本線、常磐《じようばん》線、どこでも食堂車のついている列車では、皆そう云う。今までは全線の食堂車の経営を、日本食堂会社が一手に請負っていたから、食堂車に勤務する女の子達を、日本食堂所属の養成所の様な所で教育し訓練するのだろう。その養成所に日本語が余りよく出来ない、語感のいい加減な先生がいて、右の様なへんな語法を幹線の走る限り到《いた》る所に散らかして廻らせる。そこで可憐《かれん》なる彼女達は、教わった通りに、「よくすいて居ります」と云い、山系君は「よくすいていますね」と薄笑いする。

そこへ註文の料理が出た。料理と云う程の物ではない。何を食べたか思い出せない位である。しかし、私なぞ明治末の学生には、西洋料理が御馳走《ごちそう》で、食卓の上の銀器を見ただけで豪奢《ごうしゃ》な気持がする。そのお皿に向かいながら、炭酸水や水だけ飲んで済ませると云うのは、この節は馴れているけれど、昔に遡《さかのぼ》れば一つの英雄的行為であった。

同学の亡友が大森に住んでいた頃、毎日の様に行き来して、会えば必ずお酒を飲んだ。彼は又芸妓《げいぎ》を揚げて飲むのが好きで、しかしちゃんとした所へ出掛けて、そう云う事が繰り返せるわけもないので、彼の家の近所の蕎麦《そば》屋で我慢する。その当時の大森ではそんな事が出来た。蕎麦屋の二階へ上がり、即《すなわ》ち蕎麦屋へ登楼し、板わさとか焼き海苔《のり》とか、天婦羅《てんぷら》蕎麦の「抜き」、と云うのは天婦羅蕎麦から蕎麦を抜いたもの、即ち蕎麦のない天婦羅蕎麦だから、つまり天婦羅である。そう云う物を誂えて、芸妓を呼ばせる。間もなく薄ぎたない美人が二階へ上がって来る。蕎麦屋へ来るにも三味線を携えている。スチャラカチャンと鳴らし、歌を歌い、その手つきでお酌をする。

どうもしかし我我は、お酒を飲み過ぎる様だ、と或《あ》る日に私が考えた。その事を彼に云う為に大森まで出掛けて行って、意見の交換を試ると、彼も自分でそう思っていた所だと云う。

「それじゃお酒をよそうか」「うん、よそうよ」「お酒をよす事にして、しかし、こうしている儘《まま》で、よしたと思っただけでは、お酒をよしたと云う恰好《かっこう》にならない」「飲まなきゃ、いいじゃないか」「その飲まないと云う不行為を、消極的行為を、積極的に実証しなければ、折角決心した甲斐《かい》がない」「どうするのだ」「お酒を飲む可《べ》きシチュエーションを作って、その中にいて、しかも酒を飲まないと云う事が必要だ」「芸妓をよぶのか」「それでもいいけれど、少ししつこいだろう。西洋料理の晩餐《ばんさん》を水と炭酸水だけで済まして来ようではないか」

忽《たちま》ち彼が賛成して、二人で出掛けた。

大森から省線電車で引き返し、新橋駅で降りた。その時分の新橋駅の二階に東洋軒の食堂があった。その時分と云うのは、大正十二年の大地震より何年か前の事である。

新橋駅と萬世橋駅とが、同じ様式の赤煉瓦《れんが》の建築で新らしく出来上がり、萬世橋には当時の一二等特別急行の食堂車を請負っていた「みかど」食堂が店を出し、新橋は東洋軒であった。

　私は学校を出てまだ何年も経《た》たない頃だから、きざで生意気で、今だってそうかも知れないし、そんな事はないと請《う》け合う事は出来ないが、当時がそうだった事は私自身が請け合う。東洋軒の料理はからく、精養軒は薄味《うすあじ》だと云う事を人から教わり、人の味覚を自分の判断の様な顔をして、ひけらかした。

　料理がからいとか、薄味だとか云うのは、主として初めに出るソップに就いて品隲《ひんしつ》する。新橋駅楼上の東洋軒食堂に、友人と二人向かい合って陣取り、定食時間だから、黙っていても次ぎ次ぎに持ってくる。炭酸水をがぶがぶ飲んで、手際《てぎわ》よく前菜を片づけ、次のソップを啜《すす》りながら、「ねえ君、少しからいね」と云って匙《さじ》を運ぶ。

　酒を飲まないのだから、段段に面白くなると云う事はない。乙《おつ》に澄まして魚のお皿からアントレに移り、デザアトの順になった。水菓子がそこいらに積んだなり出しっ放しにしてあると云う風なサアヴィスではない。その時になって一一《いちいち》ボイが恭《うやうや》しくパントリから捧《ささ》げて来る。私共の食卓へそれを運ぼうとした時、銀盆の一番上に盛った林檎《りんご》が一つ、パントリの出口の暖簾《のれん》だか幕だかの裾《すそ》に触れてころげ落ち、ころころ転がって、ボイの足許《あしもと》から二三歩離れた所まで行った。私の席から丁度見える床の上に、その林檎がきれいな色で光っている。ボイがかがんで拾い上げた。そうしてその儘銀盆の上に載せて持って来た。

さあ、気に入らない。

そう云う場合、いきなり口に出して相手をとっちめる方のたちではないが、深刻に内攻する。ボイは、一、パントリに引き返し、別の林檎を載せて出直す可《べ》きである。二、別のでなくてもいいから、拾ったのをよく拭《ふ》いてから載せる。三、少くとも拭く真似《まね》をする事。四、それもしなくていい、その儘でいいから、ただ一先《ひとま》ず物陰に引き返して載せる可きである。

土足で歩く床の上へ落ちた物を、その儘お客の見ている前で銀盆に載せた。贔屓《ひいき》だった東洋軒が、ボイの訓練が余りになっていないので、好きではなくなった。飲む可き時にお酒を飲んでいない腹の虫が、少しはわざをしたかも知れない。

食事を終って外へ出て、すがすがしい気持ではなく、少し酢っぱい様な気持で友人と別かれた。「左様なら」「失敬する」と挨拶《あいさつ》を交わしたが、食い違った感じで、調子が合っていなかった。彼はその儘大森へ帰り、私もその儘小石川へ帰った。一両日後に会って聞くと、彼はもう飲んでいる。私も勿論飲んでいる。去年の秋、一日駅長と云《い》う事をやらされたが、昔の禁酒はそれに似ている。

それから何十年経って、今、急行「きりしま」の食堂車で、山系君相手にがぶがぶ水を飲み、彼はがぶ飲みが出来ないから、ちびりちびり水を飲み、炭酸水を嘗《な》め、お酒の気なしに食事を終った。今こんなにお行儀がいいのは、私共は紳士だからである。しかしながら紳士にも下心《したごころ》はある。晩に出なおして来て、ゆっくり飲もうと云う計画を抱いている。ゆっくりの程度は、仙台から帰って来る時、急行「青葉」の食堂車で、四時間半お邪魔をした覚えがある。まだもっといたかったのだが、上野へ著《つ》いてしまったから、止《や》むを得ず切り上げた。今日夕方出なおして来て、それ程の長尻《ながじり》をするか、もっと早く済ませるか、いっそ長夜《ちょうや》の飲《いん》と行くか、と云ってもそんなに遅く迄《まで》いたら追い出されるだろう。その時の事はその時の工合できまるので、今からあらかじめ考えておいても意味はない。この食堂車には珍らしく男のボイ頭がいて、向うに起《た》っている。彼を呼んで、夕方適当な時間に、二人席が空いていたら、迎えによこしてくれと頼んでおいて、自分の座席に帰って来た。

汽車はさっき沼津を出て、もう富士川に近い。下りの向きで走って行くと、富士山は勿論《もちろん》右側である。ところが富士川の鉄橋を渡った先では、カアヴの工合で左側の窓の正面に見える所がある。しかし今日はお天気が悪いので、左も右もなく富士山の姿は雲に隠れて見えない。裾野《すその》からこっちの空まで伸びてかぶさった重たそうな雲の下を、汽車は申し分のないバウンドで、そうして非常に速く走って行く。

冷房が通っているので、二重窓が閉め切ってある。窓越しに外を眺めていると、踏切りに起ってこの汽車が通過するのを待っている人の顔が見える。速力は優越感を伴なう様で、そこを渡るのを待たして済まない筈《はず》の人の顔が、間抜けに見える。

冷房は、余り利《き》き過ぎもしない程度で、大変いい。二等車には煽風機《せんぷうき》が廻っていたが、一等車は煽風機はない。何かの用事で一寸《ちょっと》コムパアトに帰って見ると、コムパアトは狭いから一層よく冷房が利いている。まだそれ程の暑さでもないのに、冷房なぞでやに下がっていれば、今にきっとばちが当たるだろうと思ったが、私がそうしたわけではないから、御勘弁を願いたい。

岩淵《いわぶち》、蒲原《かんばら》を過ぎて、由比《ゆい》の海岸に出た。由比は区間阿房《あほう》列車以来のお馴染《なじ》みで、その後も一二度来たけれど、ここ暫《しば》らくは御無沙汰《ごぶさた》している。昔昔の学生時分、浜辺を通る汽車の窓から見覚えた渚《なぎさ》の岩が、今日も低い雲の下で白浪《しらなみ》をかぶっている。

次の興津《おきつ》も馴染みである。興津の駅を踏み潰《つぶ》す様な勢いで通過し、清水港を過ぎて静岡に著いた。そうして本稿の冒頭に書いた通り、ホームへ出て来た蝙蝠傘《こうもりがさ》君に蝙蝠傘を進呈した。

午後三時四十分に静岡を発車して、次の停車駅浜松著《ちゃく》は四時四十五分、これから丸一時間走り続ける。尤《もっと》も山陽特急「かもめ」の岡山広島間無停車二時間半に比べればその半分にも足りない。

静岡を出て、次の用宗《もちむね》と焼津《やいづ》の間に、随分長いトンネルがある。静岡から私共の席に同座した知り合いの近駅の駅長さんが、これが日本坂隧道《ずいどう》だと教えてくれた。

日本坂隧道の名は私も知っている。戦前の何年頃からか、頻《しき》りに新聞に出だした弾丸列車の計画に関聯《かんれん》した新隧道の名前であって、本来はもっと奥に這入《はい》った所へ掘る筈であったが、それには新らしく線路を敷設《ふせつ》しなければならない。時局が切迫したので計画を変え、従来からある線路と接続出来る様に、今私共がくぐっている所へ移して掘ったのだそうである。

昭和十六年八月の起工だと云うから、開戦の少し前である。そうして戦争の終末に近く、十九年十月に竣工《しゅんこう》し、上り線は十一月に開通したが、下り線の開通は翌二十年の一月であった。全長二一七二米《メートル》、複線型の、と云うのは一つの穴の中に上下線が一緒に這入っている。その穴が大きいトンネルだそうで、穴が大きいと云う意味は、今じきに解《わか》る。

同席の駅長さんが、以前この辺りに、トンネルを出たと思うと一寸海が見えて、海が見えたと思うとすぐに又トンネルへ這入ったと云う記憶はありませんかと尋ねる。

それは大有りで、そう云われたら、トンネルとトンネルの間で海が光った景色を、今でも瞼《まぶた》の裏に見る様である。

その海の見えるトンネルは、単線型であって、一つの穴に上リ下リが一線ずつ別別に這入っている。だから上リ下リでトンネルの穴が一対あり、その間に海が見えるから途切れて二対、つまり四本ある。私は昔、川を数えるのに何と云うのか、川が何本と云っていいかどうか解らなかったが、トンネルも、上リ下リで〆《しめ》て四本と云っていいかどうか知らないが、仮りにそれでいいとして、焼津寄りの磯浜《いそはま》隧道は上下線一対二本の長さが各九七〇米、用宗寄りの石部隧道は二本の内、上リの穴、つまり山ぞいの方は九二〇米、海ぞいの下リ線は八八一米、そうしてその各《おのおの》の間に、海が見える区間が一三〇米、その百三十米の海波の光が目に残っている。

もうあすこは通らないのかと尋ねると、あすこを通る代りに、今こうしてこの日本坂隧道をくぐっているのだから、勿論あすこは通りません。

さあ私は気になり出した。それではあすこに、もとの所に不用になったトンネルが四本ころがっている。

どうするのだろう。どうかなりませんか。

駅長さんが云うには、あの隧道は穴が小さいのです。旅客列車が通過するには差《さし》閊《つかえ》ないが、貨車に大きな物を積むと通れない。だからそう云う場合は、例えば神戸大阪から大きな物を東京へ送るには、その貨車を名古屋から中央線へ入れて、中央線廻りにしたものです。

日本坂隧道が出来て、そう云う不便がなくなったのはいいが、普通の場合は立派に使えた四本のトンネルが、各千米《メートル》近くもある長い穴を無意味にあけて、その儘ころがっているのは勿体《もったい》無い。

今どうなっているのです。

戦時中は軍が倉庫に使いました。空襲を避ける防空壕《ごう》の用をしたわけです。今はバスが通っています。

バスなぞ通さなくてもいいから、東京へ持って来て、何とかしたい。古トンネルとして売ってもいいし、地下鉄の工事に使えばその儘役に立つだろう。私の郷里岡山の喧嘩《けんか》言葉に、「くやしかったら井戸の穴を背負って来い」と云うのがある。

三

浜松で駅長さんが下車した。

その挨拶をしていたので、機関車のつけ換えを見に出なかったが、今迄の電気機関車が蒸気機関車に代り、豪壮な汽笛を梅天に響かせて走り出した。

今度の旅程は、一昨年の鹿児島本線阿房列車の時より、出発が一週間早いけれど、大体同じ季節なので、沿線の苗代《なわしろ》や田植えの景色が、この前と同じ通りに車窓から眺められる。ただ今度はお天気が悪い。段段にかぶさって来る。夕方にはまだ間があるのに、もう薄暗くなりかけた。空が次第にそうなって来るのか、汽車が走って暗い空の下に這入って行くのか、それはどっちだか解らない。

用事がないと云っても、汽車が著いて、宿屋へ行くのだったら、それだけでも用事である。矢張り何となく気を遣う。しかし今夜は車中に寝るのである。だからいい加減のその時間になるのを待つばかりで、全くのところ何もする事がない。

雲の垂れた窓外を眺めながら、少少早目に食堂車の一献《いっこん》を始めた。のっけから、二人前の註文を請けて行った鎌倉蝦《えび》を、一つしか持って来ない。二つだと云うと、一つしかなかったと云ったりするので気に入らないが、こっちも悪いので、コースの間になって、ソップを持って来いと云うから、向うだって面くらう。サアヴィスはとことこしているけれど、杯の間の御機嫌にはさわらない。小さなテーブルの上の銀器や杯がいやに明かるくなった頃、窓の外はもう暗かった。岐阜大垣を過ぎて、いつ通っても雨が降っている関ケ原、醒《さめ》ケ井《い》の辺《あた》りに今夜は雨が降っていたか、どうかも知らなかった。

いつ頃切り上げたのか覚えていないが、美しい雨滴の中に、京都駅の電灯が白く光っているのを、カアテンをしぼって眺めた事を考えると、その時はもうコムパアトに帰っていたのだろう。

いつ、どの辺りで寝たかも判然しない。随分走ってから、しんとしたので目がさめた。汽車が停まった儘《まま》、底の方へ沈んで行く様な気持がする。岡山であった。深更一時半、じきに発車して、もとの通り走り出したら、又寝入った。

朝、目がさめて、ぼんやりしたなり一服した。上段の天井裏のどぶ鼠《ねずみ》山系はいない。廊下を通り掛かったボイを呼び止めて、そっちの座席にいるかと尋ねると、今までいらっしゃいましたが、たった今、食堂車の方へお出掛けになった様です、と云う。それでは食堂車へ行って、僕はもう起きていると云う事を一言伝えておいてくれと頼んだ。そうして起きなおった寝台の縁に腰を掛けて、ドアを開けた儘、廊下の向うの窓越しに、田植えを終ったばかりの水田を眺めていたら、急に水田が浮き上がった様な気がして、昼の稲妻がぴかぴかと走った。土砂降りの雨が窓硝子《ガラス》を敲《たた》いて流れた。驀《ばく》進《しん》する汽車の轟音《ごうおん》で、雷鳴は聞こえなかったが、聞こえなくても鳴っている事はわかる。だから稲妻の後で、ありありとその音を聞いた様な気がした、と云うよりはもっと直接の影響を受ける。聞こえても、聞こえなくても、鳴っている以上は気分が悪い。私は雷がこわい。

厚狭《あさ》を出て、下ノ関へ来る途中の、下ノ関に近い辺りであったと思う。水田を走った稲妻と、聞こえなかった朝雷が、今度の、六月下旬の九州豪雨の前奏だったかも知れない。私と山系は昨二十二日東京を立ち、車中で日が暮れて夜が明けたから、今日は二十三日である。今度の旅程は、今二十三日はこの儘乗り継いで八代《やつしろ》まで行き、一泊する。二十四日に熊本へ引き返して一泊する。二十五日、熊本から豊肥《ほうひ》線で大分《おおいた》に出て、別府で二泊する。二十七日、別府から日豊《にっぽう》線で、小倉に出て、第三六列車「きりしま」に乗り換え、寝台車に寝て二十八日帰京する。

私共の日程は二十二日から二十八日まで、九州の豪雨は、これは勿論後からの事で、話しが前後するけれど、二十四日から二十九日までとなっている。

六十何年来と云うその災禍が襲い掛かろうとしている所へ、段段その奥の方へ、私の汽車は関門の朝雨をついて、颯爽《さっそう》と走って行った。

四

十時四十五分、雨中の博多に著いた。

博多で、今までいた一等車と、隣りの二等寝台車と、特別二等車一輛《りょう》とを切り離す。それで私共は、荷物をかついで、と云うのはうそで、ボイが運んでくれたが、二等車に移った。

春光山陽特別阿房列車の時の、博多の賓也《ひんや》君が今日も出て来た。賓也は昔の私の学生である。彼に少少用事があるので、あらかじめ打ち合わせておいたが、その用件は、右に云った通りここで客車を三輛切り離すので、停車時間が長く、十四分も暇があるから、ホームの起《た》ち話しで済まないこともないだろうと思ったけれど、賓也の方で、二つ先の停車駅久留米《くるめ》まで同車する事にしたと云って、切符を買って来たから、それならそれに越した事はない。

だから、そう云う事になっているから、ホームの拡声機がいくら大きな声でがなり立てても、痛痒《つうよう》は感じない様なものの、あの声は丸で気違い沙汰《ざた》である。博多に限らない。少し大きな駅はどこでもそうだが、乗り換えの注意、接続の待ち合せ時間やホームの指示等、必要な事を云っているに違いないけれど、ホームに起っている者を突き倒す様な声を出す。停車中車内にいればそれ程にも思わないが、一たびホームへ出たら、一言も口を利《き》く事は出来ない。賓也とホームの起ち話しで用を弁ずるなぞ、思いも寄らぬ事であった。

車内へ這入ったが、二等車は人が出たり這入ったり、大変混雑している。食堂車へ行ってお茶を飲みながら話した。今朝は雷が鳴らなかったかと尋ねると、大変な大雷雨で、近所へ落ちた様だったと彼が云った。下ノ関の大分手前で私は稲光りを見たのだから、それが博多にまで亙《わた》っていたとすると、そこいらの山ぞいに発生した小さな夕立ではないと思った。

食堂車で相談事を済まし、久留米で彼は下車した。久留米の駅も雨にぬれて、窓のすぐ前に見える陸橋の階段から水が垂れている。改札の向うに見える駅前の町は、往来も屋根も人の姿も太い雨の筋に包まれていた。

久留米を出て暫《しば》らく行くと、雨が小降りになり、その内にやんだ様である。しかし向うの山の上には物騒な雲が寄って、まだらな皺《しわ》になり、更《あらた》めて夕立が来るらしい。その暗い山を目がけて汽車が走って行く。窓から見ていて、その方へは行きたくないが、汽車の向きを変えさせる事は出来ない。

その内に又車窓の硝子を雨のしずくが流れ出した。そうして大牟田《おおむた》を過ぎ、熊本を過ぎ、熊本では停車中、明日熊本に引き返して一献しようと約束している同学の旧友に会い、ホームで例の拡声機におびやかされながら起ち話しをして、それから又雨の中を四十分許《ばか》り走り、午後二時二十一分、昨日東京を立ってから二十六時間目に、八《やっ》代《しろ》へ著いて下車した。

八代も雨であった。天成の、不世出の雨男ヒマラヤ山系茲《ここ》に在り。彼の顔を立てて天道様が雨を降らす。降っても構わないし、構っても止めるわけには行かない。ただ、しとしとと降りしぶく地雨で、荒い夕立でないのが難有《ありがた》い。

八代はこれで三遍目である。今日も宿の御当地さんが雨の改札に迎えに来ている。今日は彼女一人だけだから、認識を誤る心配もなく、この前の時から百日しか経《た》っていないので、顔を忘れてもいない。

自動車で、すっかり馴染《なじ》みになった道筋を通って、宿屋のお庭に面した奥座敷に落ちついた。

飛んでもなく大きな脇息《きょうそく》に靠《もた》れ、お庭を眺めてくつろいだ。随分遠方のここ迄《まで》来たが、何しに来たと云う事もない。来ようと思った所へ来ただけである。

雨が小歇《こや》みになって、声柄《こえがら》の悪い八代鴉《やっちろがらす》が頻りに啼《な》いている。があがあ、があがあ、何となく私に構っている様でもある。

お茶を置いて女中が引き下がった後は、しんかんとして、鴉の啼き声の外に何の物音もしない。山系君は廊下のテーブルで、向う向きになって何をしているかと思うと、校正中である。肥後の熊本のまだ先まで来た様ではない。次第に空が明かるくなって、そうして夕方が近づいた。

お庭の向うの、海の見当の空に、雨上がりの雲が段だらになって横に長く伸び、その下の所で空がすいて、青味を帯びた黄金色に輝いている。お庭の芝生が遠いその色を受けて貝殻の裏の様に光り、低い庭木の樹冠にも夕暮の光が宿ってきらきらする。

明かるい内から始めて、いつ迄もお酒を飲んでいた様だが、切り上げ時はよく解《わか》らない。山系君や御当地さんを相手に、何を論じていたかも記憶にない。ただ何だか知らないが、初めから仕舞までしゃべり続けていた事だけは間違いない。

夜が更《ふ》けてから、廊下のすぐ下の池の縁に、ちっとも動かない大きな蛍が、いつ見ても同じ所でぴかりぴかり光っているのが気になった。蛍の様な色で光るから蛍だろうと思ったけれど、蛍ではなかったのか、それはわからない。親指の指の腹よりまだ大きかった。かすかに赤みを帯びた緑色で、人の目を見返す様に光った。後になって、水伯《すいはく》の目玉ではなかったかと思う。

雷九州阿房《あほう》列車　後章

一　八代《やつしろ》の梅雨晴《つゆば》れ

八代に明けた二十四日は、今度の九州豪雨の第一日と云《い》う事になっているけれど、夜の内に上がった雨の跡形もなく晴れ渡った空から、梅雨晴れのすがすがしい風が吹き降り、お池の水に綺麗《きれい》なささ波を刻んだ。明かるくなってから、一度目がさめ、又寝をして更《あらた》めて起きたのは大分遅かったが、それでもまだ朝の内である。縁端《えんばな》に出てお庭を眺める。庭の草や木や水の色が新鮮で、水が綺麗で、風が真《ま》っ直《す》ぐで、自分の身体《からだ》の内部もその様な気がする。

どこか別の座敷で朝食を済まし、新聞なぞ見ていたらしい山系君が、丸で自分の家《うち》の中を歩いている様な足取りで這入《はい》って来た。何を食べたか、聞いて見た。お膳《ぜん》の上の物を一つずつ、ぽつりぽつり思い出して、云って聞かせる。変った物もないし、第一、私はほしくはないし、ちっとも面白くないが、こっちから尋ねたからそれに答えているのを、邪魔する法はないので、黙って聞いていた。

「随分御馳走《ごちそう》だね、朝から」

「そうでもありません」

「みんな食べたの」

「そうでもありません」

手に今朝の新聞を持っている。この辺《あた》りの地方版の欄を上に出して見せた。阿蘇《あそ》が大荒れだったと云う記事である。昨日久留米《くるめ》からこっちへ来る途中、車窓の向うに見えた物騒な雲の皺《しわ》の仕業《しわざ》であろう。明日は熊本から豊肥《ほうひ》線で阿蘇の下を通る。その時荒れられては困ると思う。しかし今日のこの八代の様なお天気なら心配はない。晴れていれば、外輪山の向うに火を噴いている阿蘇の山容が眺められる筈《はず》である。

縁側の椅子《いす》に出て、ぼんやりお池の水面を見ていると、見ていない方から浅い波紋がひろがって来る。波の皺を伝って、そっちへ目を移したら、二尺に足りない位の小さな蛇が、水の上に鎌首《かまくび》を立てて游《およ》いでいる。どこへ行くのだろう。こっちへ来やしないかと思う。

「貴君《きくん》、蛇がいるぜ」

「いますね」

「知ってるの」

「游いでいるから、手がないのに、どこで游ぐのか見ていたのです」

「鱗《うろこ》で游ぐのだ」

「鱗ですか」

「そうだろうと思うのさ。よく知らないけれど、外に方法はないもの」

「鱗の下に短かい手があるのではありませんか」

「変な事を云いなさるな。こっちへ来るんじゃないだろうね」

向うの出島《でじま》に架かった石橋の下へ這入ったと思うと、じきにその下陰から出て、一番水面の広い池心を真っ直ぐに游いで行った。岸へ游ぎ著《つ》こうとしているのではないらしい。

「あすこにもいますよ」と山系君が云うからそっちを見ると、向う側の出島の岸から又一匹游ぎ出して来た。それから少し離れた所にも、同じ位の大きさのが游いでいる。どれも皆、水を渡ってどこかへ行こうとするのではない様で、水面を游ぎながら、何かする目的があるのかも知れない。

蛇はふだん見馴《みな》れないし、小さくても余りいい気持ではない。しかしこのお庭の池で、食用蛙《がえる》が顔を出して鳴くのはぶちこわしだと思ったが、小さな蛇が游ぎ出して来るのは趣きがない事もない。

睡蓮《すいれん》が咲いている浅い所に、お歯黒蜻蛉《はぐろとんぼ》が飛んで来た。声柄《こえがら》の悪い鴉《からす》が、又があがあ啼《な》き出す。微風が渡って、わか葉がそよぎ、空の色は起き抜けに見た時より、もっと澄んで綺麗になった。

二　酢ぶた

午後八代の宿を立ち、二時五分発の普通列車一二六で熊本に引き返した。三時に熊本に著き、何の気なしに下車すると、ホームにこちらの管理局の局長と文書課長が出迎えているので恐縮した。どうしてこの汽車で著く事を知ったのか、解《わか》らなかったが、考えて見れば解らない事もない。山系君は本庁の職員であり、熊本の管理局にも彼の友人がいる。

昨日停車中に会った熊本大学の旧友には、この汽車で引き返して来る事を知らしてあったから、彼も来てくれた。一緒に宿へ行って、夕方のお膳を待つ間、話し込もうと思う。

局長が局長室で一服して行けと云うので、駅から棟続きの管理局へついて行った。

局長は、私やそこにいる旧友と一緒だったもう一人の同窓が四国にいた当時の学生だったそうで、だから我我とも間接のつながり、と云う程の事でもないが、話しのつぎ穂はある。

　これから夕刻までの間は、何の御予定もないかと局長が聞く。

　私が警戒して、予定は何もないけれど、何も予定がない様にしてあるのが私の予定ですと答えた。

　それでその件は発展しないなりで済んだから、間もなく辞して、旧友、管理局の垂《たれ》逸《それ》君、それに私と山系と四人同車の自動車で町中の宿屋へ向かった。

　大きな旅館の一番奥まった座敷へ通されたが、何となく薄暗い。二階でなく下の、庭のある座敷と云う註文をしておいたから、庭があって、小さな池に噴水の水音がしている。しかし黒ずんだ岩を積み重ねた庭で、庭が暗いから座敷の中も暗い。

　山系は座敷の中で垂逸君と話し込み、こっちは縁側のテーブルを隔てて旧友と久闊《きゅうかつ》を叙《じょ》そうとするが、話しが食い違って、うまく行かない。彼は大学教授で、学部長で、今までに幾つかのもとの官立高等学校長を歴任し、えらい先生だから頑固で、云うことに屈伸性がない。

「随分会わないね」

「そうでもない、ふふふ」

「十何年か、二十何年か」

「そんな事はないよ。先年会った」

「いつだ」

「東京へ出た時、君の家をお訪ねした」

「それは覚えているけれど、戦争になるまだ何年も前だろう」

「君が日本郵船に行ってた当時だ」

「そうれ見たまえ。そうすると矢っ張り十年よりもっと前だ」

「そうでもないよ。君は玄関に何か貼《は》り紙をして、家では会わなかった」

「そんな事はない。いなかったのだろう。きっと郵船に行った留守だったのだ」

「家では会わないと云うから、郵船で会うと云うから、僕は更《あらた》めて郵船へ行って、君に会ったよ、あの時は」

「おかしいな。君の記憶がもつれているんだよ。僕は居留守は使わない」

「居留守じゃない。いるけれども、会わないのだ。奥さんがそう云ったよ」

「ますます可笑《おか》しい。君はフラウの留守に来たのだ。何かお土産を戴《いただ》いたのに、お礼が申し上げられなかったと云った」

「僕は奥さんに会った」

「そんな事はない」

「だから僕は出直して郵船へ行った」

「僕はいたかね」

「会ったじゃないか」

「そう云えばそうだ。郵船のところだけが、一寸不明瞭《ちょっとふめいりょう》だが、会った様だね」

「大きな部屋にいたよ、一人で」

「どうも失敬した」

「一体君の書く物を見ると、過去の記憶は確かな様で、敬服していたのだが、そうでもない様だね」

「過去の記憶が確かだと自任した覚えはないが、書いた物には僕の思った通りに辻褄《つじつま》が合わせられるから、だから読む方でそう思うのだろう」

「辻褄を合わせるのかね」

「意識して合わせるわけではないよ。しかし自分一人だけの頭の中では、自然にそうなるじゃないか。君みたいに一一《いちいち》、人の記憶と違った事を云い出す相手がいなければ、事は簡単に纏《まと》まる」

「そうかな、ふふふ」

早目にお膳を出さして、黒い庭にまだ夕方の明かりが残っている時から、一献を始めた。段段に外が暗くなるのは、夕闇《ゆうやみ》が襲ったのでなく、空がかぶって来たらしい。風が庭木の枝をゆすぶって、雷が鳴り出した。

そうして雷が鳴りながら、夜になった。黒い庭に稲妻が走り、岩に雷が響き、それがいつ迄《まで》も続いて、大いに酒興の妨げになった。しかし妨げられながらでも、廻るのは廻り、大分面白くなって来て、学校ではこわいに違いない相手の大先生が、昔昔の卒業後によく出掛けた大学鉄門前の豊国や、切り通しの江智勝《えちかつ》や、湯島の鳥鍋《なべ》の二階なぞで無茶酒を飲んだ当時に帰る様な気がし出した。

ヒマラヤ山系君は余り人見知りしない。大して愛想がいいわけではないが、周囲に遠慮する風でもない。何となく宜《よろ》しくやって、自分の杯に御無沙汰《ごぶさた》なぞしていない。そこへ一たん帰って行った垂逸《たれそれ》君の再来で勢づいた様である。

「垂逸さん、僕は痒《かゆ》いのです」

「どこが痒いのです」

「どこって、彼が痒がったのを思い出したから、僕が痒くなったのです」

「彼と云うのは、だれです」

「だれかって、そんな事は意味はないでしょう。彼が痒がるのです」

「わかりませんな」

「彼が腰を掛けていましたらね。垂逸《たれそれ》さん、油虫と南京虫《ナンキン》と、関係があるでしょう」

「それは知りませんね」

「彼の足許《あしもと》を油虫が走ったのです」

「どこのお話ですか」

「役所です」

「本庁には油虫がいますか」

「ふだんはいない様ですけれど、その時出て来たのです」

「一匹ですか」

「一匹じゃありません。沢山出て来て、這い廻って」

「いやですね」

「だから彼が痒がるのです」

「油虫は食いますか」

「油虫が南京虫を散らかすのでしょう」

「それはおかしいですね」

「それで彼が痒くなって、思い出したら僕も痒くて堪《たま》らない」

「それじゃ南京虫が食ったのですか」

「僕をですか」

「いや、そのお役所の、だれだか知りませんけれど」

「食ったかどうだか、それは解りませんけれど、猛烈に痒がり出したので、薬を撒《ま》きました」

「身体《からだ》にですか」

「床に撒いたのです」

「どうもよく解りませんな」

少少酔って来た山系の云う事と、垂逸君の受け答えとが、ちっとも合わない。お皿から、どろどろした餡掛《あんか》けの様な物を箸《はし》の先に摘《つま》み上げて、山系が聞いた。

「垂逸さん、これは何でしょう」

「酢ぶたではありませんか」

「支那《しな》料理がまざっているのですかね」口に入れて、暫《しば》らくしてから云った。「はあ」

雷や稲妻は、次第にひどくなると云うのでもないが、しかしちっとも衰えない。雨の音が段段はっきりして来た。

垂逸君は明日門司《もじ》へ出張する事になっていると云うので、少し早目に中座して帰った。だから、明日私共が熊本を立つ時、お見送り出来ないけれど云《い》う挨拶《あいさつ》であった。その彼は門司へ行った後、すぐに遠賀川《おんが》、筑後川《ちくご》の決潰《けっかい》で熊本へ帰れなくなり、熊本全市が床上何尺と云う水浸しになっている事を知りながら、私共が水禍を擦り抜けて東京に帰った後、まだ五日ぐらいも同じく水に襲われた門司に足どめされていたそうである。

いい加減な時間になって旧友も引き上げた。長い廊下を伝って玄関まで送って行った。玄関には彼を送る自動車が待っている。往来には暗い雨が降っている。

運転手がドアを開けて会釈《えしゃく》した。

彼は見向きもしないで、自動車のうしろを廻り、雨の中を門の方へ歩いて行った。

「おいおい、どうするのだ」

「いいんだよ」

女中が下駄をつっ掛けて、追い掛けた。それを押し返す様にして、又彼が云った。

式台から私がどなった。「おい、自動車が待っているじゃないか」

「いいんだよ」

「自動車はいいよ」

「なぜ」

「乗りたくないんだ。少し酔っているから。雨の中を歩いた方がいい気持だ」

「仕様がないな」

「失敬するよ、ふふふ」

そうして門から出てしまった。

三　覆《ふく》盆《ぼん》の雨

寝ている内に、いつ頃から本降りになったのか知らなかったが、翌二十五日は朝から雷が轟《とどろ》き、覆盆の大雨が黒い庭に降り灑《そそ》いだ。今日は午後二時十分熊本駅発の豊肥《ほうひ》線七二一列車で、阿蘇の山裾《やますそ》を通って、大分《おおいた》、別府へ行くつもりである。

朝の内、山系君が妙な顔をして、私に話した。

「昨夜、いや、明け方かも知れません、いやな夢を見ました。こわかったので、身体《からだ》が硬くなって、今でもまだ方方が痛い様です。きゅっとして、寝ていて石になった様でした。桜木町事件みたいな大変な事で、焼け焦《こ》げた屍体《したい》がそこいらにごろごろしているのです。僕が車掌だったので、その始末をして、処置をつけなければならないのですけれど、あんまりひどいので、どうしていいか解らないし、こわくて手が出せないのです。呼吸が出来ない様でした」

「どうしてそんな夢を見たのだろう」

「目がさめてから、ほっとして考えて見たら、すぐにその聯想が浮かびましたから、きっとあれです」

「何だね、惨事の原因は」

「昨夜の酢ぶただろうと思うのです。あの味と焼けた屍骸《しがい》と、似ていませんか」

少し早目に車が迎えに来た。管理局の好意で、どこか見物させようと云うのである。しかし雨が降って雷が鳴っているし、もともと見物と云う事が私は余り好きでない。なぜと云うに、何かを見るのは面倒臭い。又みんながだれでも見る物を見ても面白い筈《はず》がない。

雨の中を走り出した自動車が、びしょびしょに濡《ぬ》れた町の中を通って、家並《やな》みを離れ、坂道を登って行った。雨をかぶった鬱葱《うつそう》たる森が、風をふくんでむくむく揺れている。雨脚が次第に太くなって来たらしい。熊本城址《じょうし》の入口まで行ったが、烈《はげ》しい繁《し》吹《ぶ》きの為《ため》、車から降りる事は勿論《もちろん》、窓も開けられなかった。だから石崖《いしがけ》と門を見ただけで熊本城の見物は終った。

引き返して駅に向かう途中、廻り道して繁華街を通ったが、どこもかしこも、ぐっしょり濡れて輪郭がはっきりしない。雨が段段ひどくなって、丸で水の底を自動車が走って行く様であった。

駅の前の広場が池になっている。どこかの川が溢《あふ》れて水が出たのではなく、その場に降り灑ぐ雨水の始末がつかない為に、出水の様な事になったと云う事が解《わか》る。水の中を走って車寄せに停めてくれたが、降りる事が出来ない。足もとの水が浅く、上から戸樋《とい》を溢れる雨水の落ちて来ない所につけなおして、やっと自動車から降りた。

幅の広いホームの真中の筋しか通れない。両側の端に近い所は、屋根から流れ落ちる雨水に敲《たた》かれて、繁吹きが跳ね返って、近寄る事も出来ない。

豊肥線の発車ホームに、短かい編成の列車が這入《はい》っている。デッキの雨を衝《つ》いて乗り込み、半車の二等車の座席に落ちついてほっとした。土砂降りの、気違い降りの大雨だとは思ったが、そのすぐ後に襲った熊本の災厄を予見する事は出来なかった。昨夜の旧友は今朝も一寸《ちよつと》宿へ来たが、出直して駅まで見送りに来てくれた。デッキの雨をかぶって、又車外へ降り、ホームで起ち話しをした。その翌《あ》くる日の宵、熊本へ流れ込んだ濁水は、彼の家の床上四尺に達したそうで、後でよこした便りに、こう書いている。「貴兄が立たれた二十五日と翌二十六日の両日は全く天地をくつがえした様な豪雨で、街を走っても湖水の中をかける様な感じでした。二十六日の夜九時、白川の氾濫《はんらん》で忽《たちま》ち床上四尺の浸水となり、游《およ》ぎを知らぬ小生は寮の学生の肩に負われて寮の二階へ避難した」「翌日になって水が引いたので家へ帰って見ると、部屋は泥に埋まっている」「その後の熊本は、全市泥の川、泥の沼、泥の海、泥の山です。阿蘇のヨナの泥です。その色が何か魔物の化身の様に思われてなりません。骨身に徹する執《しっ》拗《よう》な悪臭を持っている泥です」

阿蘇のヨナと云う言葉が解らなかったので、こちらで調べて貰《もら》ったら、九州阿蘇山地方の方言で、噴煙にまざって降る火山灰の事だそうである。土が降る。土ぐもりの意味の霾《ばい》の字を当てて、ヨナと読ませる様である。

ヨナを降らせる阿蘇の山裾へ向かう豊肥《ほうひ》線の七二一列車が発車し、ホームにいる旧友や、管理局から見送りに来てくれた厚生課長や同課の職員等《ら》を、雨の衾《ふすま》の向うに残して私共は熊本を離れた。

四　豊　肥　線

阿蘇の山里秋更《ふ》けて
眺めさびしき夕まぐれ
いずこの寺の鐘ならん
諸行無常と告げわたる

折しもひとり門に出《い》で
父を待つなる乙女あり

「孝女白菊」の歌は、中学初年級の頃に覚えたが、全歌詞が記憶に残ってはいない。落合直文の長い新体詩で、井上巽軒《そんけん》即《すなわ》ち井上哲次郎博士作の漢詩を書き直したのだと云う。猟に出て帰って来ない父を待つと云う筋であった様に思う。

近年阿房《あほう》列車を乗り廻す様になる迄《まで》、私は九州に馴染《なじ》みが薄く、阿蘇と云う言葉を思い出すつながりは、この古い新体詩と、漱石先生の「二百十日」ぐらいのものであった。

今、雨の城の様な熊本駅の構内を出て、これからこの編成の短かい汽車が走って行く豊肥線は、大分《おおいた》まで百四十八粁《キロ》、間に二十六の駅がある。途中、阿蘇の外輪山の下を通って、お天気がよければ車窓に噴煙が眺められると云う話であったが、雨雲の中を汽車が走って行く今日は、到底その見込みはない。私は備前岡山の生れで、中国地方に火山は一つもないから、山が火を吹き煙を吐く景色は珍らしい。富士山が煙を噴いていた当時の西行法師の「風になびくふじのけぶりの空に消えて、行くへも知らぬわが思ひかな」を心に描き、大空に山の煙の流れる有様を想像する。実際に見たのは三十年許《ばか》り前、一日泊りで北海道へ行った時、駒《こま》ケ嶽《たけ》の噴煙を車窓から眺めたのが一ぺんきりである。だから今日、折角こうして阿蘇の山裾を通る汽車に乗っているのだから、見られるものなら見たいと念じたけれど、何分私の座席の前に、曖曖然《あいあい》として、昧昧然《まいまい》として、曇った窓を見ているのは外ならぬ雨男ヒマラヤ山系君である。そんな事を念ずるだけが無駄である。

発車してからの雨は、広くなった空の下に矢張り降り続いてはいるけれど、熊本の市中や駅の構内程ではなかった。線路沿いに小さな暗い池があって、その向うから雑木の茂みが覆《おお》いかぶさり、水に底光りがしている。その水面を敲《たた》く雨の波紋を見たら、わけの解らぬ侘《わ》びしさを感じたが、じきに汽車が通り過ぎた。

各駅停車だから小さな駅にも一一《いちいち》停まって息を抜く。交換でもなく、給水でもなさそうなのに、どうしてこんなに長くいるのか解らないと思う程じっとしているから、段段にあたりが静まって来て、しんとして、もう先へ行くのを止《や》めたのではないかと思ったりした。

所所の駅に強風雨注意報の掲示が出ている。

段段に山の中に這入って、大雨の所もあったが、又小歇《こや》みの空が明かるくなりかけた所もあり、私共が通った後、この豊肥線が二ケ所で不通になったと云う事を聞くまでは、それ程の事と思わなかった。

二十六の駅の真中辺《あた》りになる宮地駅に汽車が停まった。手前のこちらの、屋根のないホームには、さらさらと明かるい雨が降り灑《そそ》いで、ホームの砂利を濡らしているが、向うの山は霽《は》れかけている。大きな篦《へら》でそいだ様なあざやかな山の皺《しわ》が麓《ふもと》に走り、下の方の山肌は目がさめる様な緑の色を一面にひろげて、その上を帯になった白い雲が流れている。

宮地を出て、次の波野駅へ行く間に大小無数の、数え切れない程の瀧を見た。絶壁に巨巌《きよがん》が聳《そび》え、その天辺《てつぺん》から恐ろしい勢いで落下する十数丈の瀧から、兵子帯《へこおび》ぐらいの短かいのに至るまで、落ちて来る水は皆、赤黒い色の濁水である。ヨナを溶かして押し流していたのであろう。瀧を囲んだまわりの崖には、庭師が手入れをしたかと思われる様な、背の揃《そろ》った短かい青草が生え茂っている。思い掛けない絶景に接し、車窓に向けた頸筋《くびすじ》が痛くなる様であったが、この無数の濁水の瀧は多分、雨の為であって、ふだんは水の落ちていないのもあるだろう。烈しい繁《し》吹《ぶ》きを上げて山腹の岩を叩《たた》いた水が、勢いが余って線路を襲う様になり、私共の通った後でこの線を不通にしたのではないかと思う。

いくつも隧道《ずいどう》を抜けて、次第に山の間を離れ、雨に濡れた屋根が続いて見え出した。豊後竹田《ぶんごたけた》と云う駅に這入って、汽車が停まった。

大分《だいぶ》大きな駅で、ホームの幅も広い。乗り降りが済んだ後、人っ気のなくなったホームを、若い駅手が竹帚《たかぼうき》で掃いている。ホームの屋根の外は雨が降っているのに、ホームの地面は乾いて、駅手の帚の先に軽い砂ほこりが立つ様である。駅手の帚の振り方、身体《からだ》の動かし方がリズムに乗っている様に思って、気がつくと私も知らず識《し》らずにその節《ふし》に乗っていた。頭の中で歌っている。

春高楼の花の宴
めぐる盃《さかずき》　影さして
千代の松ケ枝わけ出《い》でし
むかしの光いまいずこ

この駅のある豊後の竹田町は、「荒城の月」の作曲者瀧廉太郎《れんたろう》の古里だそうで、この町に残っている岡城址に託して、この町で作曲したと云う話である。詩は土井晩翠《ばんすい》の作である。明治三十何年、三十年代の初め頃に出た「中学唱歌」と云う樺色《かばいろ》の四六《しろく》半截《はんせつ》の唱歌集があって、中学初年級の私も持っていた。その中に「荒城の月」が載っていた。濃い髭《ひげ》の生えた、声柄《こえがら》の悪い唱歌の先生から、この歌を教わった。

豊肥線の豊後竹田駅は、寸の短かい列車が這入る毎《ごと》に、ホームの拡声機でそのゆかりの「荒城の月」を放送する。

半車の車内の向うの隅に、五つか六つの男の子を連れた、洋装の若いお母さんがいる。小さな声だが、立派な節で歌っている。

秋陣営の霜の色
鳴き行く雁《かり》の数見せて
植うるつるぎに照りそいし
むかしの光今いずこ

雨の中にかわいた広いホームの中は、ただその旋律が流れるだけで、外《ほか》に何の物音もしない。人の動く影もない。さっきの駅手は、長い竹帚を手に持った儘《まま》、駅売りの売り物の箱を乗せる台に靠《もた》れて、じっとして身動きもしない。汽車も静まり返って、発車しそうにもない。歌が済むまで待っているなぞと云う事はないだろう。

三節から二部の複唱になった。

いま荒城のよわの月
替らぬ光たがためぞ
垣に残るはただかずら
松に歌うはただあらし
天上影は替らねど

栄枯は移る世の姿
写さんとてか今もなお
嗚呼《ああ》荒城の夜半《よわ》の月

済んでから暫《しば》らくすると、思い出した様な鄙《ひな》びた汽笛が鳴って、汽車が動き出した。次第に濃くなる夕闇《ゆうやみ》を衝《つ》いて、雨の中の明かりが美しく輝いている大分《おおいた》駅の構内へ這入った。

五　大分駅駅長室

雨の薄暮の七時十六分、定時に大分に著《つ》いた。

汽車から降りると、出迎えがあって物物しい。こう云う事は阿房《あほう》列車らしくない風景で、恐縮である計《ばか》りでなく、こちらがちぐはぐの気持がして難有《ありがた》くないけれど、しかし止《や》むを得ないわけもある。なぜと云うに、行く先先の宿の問題がある。宿を取っておいて貰《もら》うには、あらかじめ打ち合わせなければならない。いつも山系君がその地の管理局の知り合いに依頼する。何日の何時に著くと云う事を隠すわけにも行かないし、無理な気を遣ってそんな事を隠して見ても始まらない。成り行きに任せて置けば、繰り合わせてでも出迎えに来てくれると云う事になる。忙しい人人に済まない事ではあるが、山系君は旧知に会うのだからそれでいいとして、その序《ついで》に新聞記者や放送局が、構って見たって仕様のない風来坊を構いに来る。

駅長室で一服した。一服する為《ため》に一服したのでなく、彼等に構われる為に一服を命ぜられた様なものである。

大分は初めてですか。

初めていらして、大分の御感想はどうですか。

いらした計《ばか》りで感想なぞある筈《はず》がないが、感想がないと云う事を云うのも、感想の一つとして扱ってくれる様で、何かしら相手になっていると、放送局が例の紐《ひも》の先についた物を引っ張って、口のそばへ持って来た。今までやられた時は、燐寸《マッチ》の小函《こばこ》を二つつないだ位の四角い物であったが、今日のは小さな円柱形で、丁度お菓子の五家宝《ごかぼう》の様で、又その位の大きさだから、口に入れて一口にぼりぼり食べられそうである。

口の横に五家宝を見せびらかして、尋ねる。

「猿を見に来られたのですか」

「猿を見に来たわけではない」

「高崎山の猿を見に来られる筈だと云う記事が、こないだの新聞に出て居《お》りました」

高崎山は、たかさき山でなく、たかざき山である。「たかざき山のえんこざる」と云う子供言葉が昔からあるそうで、もともと猿の名所だった様だが、近頃になって急に有名になり、東京の新聞でも何度かその記事を読んだ。

　大分市と別府市は並んで境を接している。高崎《たかざき》山は別府市に近く、しかし行政区画の上では大分市に属するそうである。高崎山に萬寿寺と云うお寺があって、その別院の庭に野生の猿が来る。山の奥の方にどの位いるかわからないけれど、人の目につく所へ近よって来るのは、初めの内は三十匹か四十匹くらいだったのが段段にふえて、私共より少し前に山本有三さんが見に行った時は、猿に大変人望があったと見えて、総数二百匹以上も集まって出迎えたそうである。

　私の場合、猿の方で私をどう思うかは知らないが、私は猿の顔は好きでない。動物の顔の中で、牛の顔は大儀そうであり、馬の顔はばかばかしいが、見ていても別に腹は立たない。犬や猫の顔には可愛《かわい》いと思うのがある。小鳥の目白の顔などは、何とも云われない程可愛い。しかし猿の顔は憎い。見ていると腹が立って来る。そうして人間の内のだれかその猿に似た顔を思い出して不愉快になる。今迄に私が見た猿の数は、そう多くはないから、自分の経験だけで全豹《ぜんぴょう》を律するわけに行かないかも知れないが、私は猿を好《よ》く思ってはいない。

　子供の時、郷里備前岡山の夏の行事に奈良《なら》茶《ちゃ》と云うのがあって、町の真中の大川の河原に見世物の小屋がいくつも掛かる。砂地の両側にずらずらと並んで、突き当たりの大きな小屋には曲芸なぞが掛かり、カンテラをともし、鉦《かね》太鼓をたたき、明かるくて賑《にぎ》やかで大変面白い。夕方の行水の後は毎晩の様に出掛けたが、列《なら》んだ小屋の一つに小さな動物園があって、入り口に猿がいる。見る度に憎らしいと思っていたら、或《あ》る晩、鎖《くさり》一ぱいに飛びついて、近所の子供の手を引っ掻《か》いた。

私の家の店の者が、裏の小川から川蟹《かわがに》を捕って来て、紙袋《かんぶくろ》に入れた。夕方になると、それを持って、さあ奈良茶へ行こうと云う。どうするのだと尋ねたら、猿蟹合戦を知っているでしょう。猿と蟹はかたき同士だから、かたきの蟹を猿にやって、どうするか見て来るのだと云う。

奈良茶へ行って、猿に紙袋《かんぶくろ》を見せびらかした。何かうまい物が這入《はい》っているとでも思ったらしく、頻《しき》りに欲しがる様な恰好《かっこう》をした。店の者が猿の手に紙袋《かんぶくろ》を手渡ししたら、猿は大変よろこんだ様子で、撞木《しゅもく》になった杭《くい》の上に坐《すわ》り込み、黒い指先で袋の紙を上手に破いた。

中から爪《つめ》の先の少し赤い小さな蟹が出た途端、猿は非常にうろたえて、撞木の台から飛び降り、変な顔をして杭の廻りをばたばたし出したが、鎖があるから遠くへ逃げる事は出来ない。猿が飛び降りた後の撞木の台の上で、赤い爪を振り立てて蟹も少し怒っている様子である。猿の方がこわがって、負けている事は一目でわかる。台の上の蟹の方を見ながら、きたない顔をして、歯を出して、何とかもう少し離れた所へ逃げたいと云う風に騒ぎ廻るのが面白いから見ていると、木戸番の男が来て、蟹をどこかへ跳ね飛ばしてしまった。

今度九州へ来て、大分《おおいた》、別府に立ち寄り、高崎《たかざき》山の猿の近くで二晩泊まる。今までに、野生の猿は見た事がない。それが群棲《ぐんせい》していると云うのは、なお珍らしい。宿屋から出掛けて、見に行こうかと云う事を考えたら、岡山の奈良茶の猿を思い出した。旅先で生きた蟹を手に入れるのは困難であり、又先方がそんなに大勢いるのでは、一つや二つでは面白くないだろう。仮りに幾つも蟹の紙袋《かんぶくろ》を用意する事が出来て、それを手土産に高崎山の猿にインタアヴィウするとしたら、どんな事になるだろうと想像した。

だから、もともと高崎山の猿の事が念頭になかったわけではない。

しかし、遥遥《はるばる》と、こんなに遠く迄《まで》、猿に会いに来た様な事を云われては、猿の手前、こちらの沽券《こけん》にかかわる。

口の横の五家宝《ごかぼう》に云った。「新聞に出た事は、まだ立つ前、東京で人から教わって知っているが、それは土地の人の猿贔屓《さるびいき》でそう云ったのだろう」

「猿は見ないのですか」

「見てもいいけれど、猿を見に来た様な事を云っては、聞きなりが悪いな」

「なぜです」

「明日のお天気次第だ」

五家宝でない、向うの長椅子《いす》に腰を掛けている新聞記者が云った。

「お天気だったら、行かれますか」

「行ってもいいけれど、まだよくわからない」

「猿の出る時間があるのです。朝がいいです」

「朝と云うのは何時《なんじ》頃」

「九時頃に沢山出る様です」

「九時では、僕の方が出ていないから、駄目だ」

「午後も、もう一回揃《そろ》って出る様です」

「行くとすれば午後だが、明日になって見なければわからない」

「折角いらしたのですから、成《な》る可《べ》く行って御覧なさい」

「そうしましょう。しかし行かなくても、猿と約束はないし、彼等は僕を待ってはいない」

五家宝《ごかぼう》が口のそばにあると、何だか息苦しい。君、もういいだろうと云ったら、よしてくれた。

口を利《き》いた時間よりは、黙っている間の方が長く、ぽつりぽつり話しただけだが、テープレコーダーと云う物は、黙っていた箇所はちょん切り、しゃべった所だけをつなぎ合わせるそうである。その晩宿屋に落ちついてから聞くと、私がラジオで何かしゃべっていたそうで、こちらは何も知らない時に、気持の悪い話である。五家宝につかまったら、そうなる事は解《わか》ってはいるが、何しろあの仕掛けは、聖代の不祥事だと思う。

六 稲妻の別府湾

駅長室を出て、管理局の自動車で別府へ向かった。局の厚生課の何樫《なにがし》君が同車して、宿へ案内してくれる。今日六月二十五日は旧暦の五月十五夜である。自動車は海沿いのドライヴウェーを走るそうだから、十五夜の月光が刻む別府湾の金波銀波が見られるかと思ったが、このお天気ではお話しにならない。

駅を出て見たら、ここも亦《また》大変な土砂降りである。暗闇の雨の筋が、自動車の前燈に照らし出されて、丸で白い棒を列《なら》べた様である。車軸の如《ごと》しとはこの事かと思う。

大分《おおいた》の町を出切らない内に、二度稲妻が走った。閉め切った自動車の内に籠《こ》もるエンジンの音で、雷鳴は聞こえないが、耳に聞かなくても、心耳《しんじ》に聞くから、矢張り恐ろしい。町外《まちはず》れから海岸に出て、右に別府湾を見る筈《はず》の所を走って行ったが、窓が雨に叩《たた》かれて、何も見えない。ただ海の方角から頻《しき》りに赤い稲光りがして、目がくらむ様である。

大分別府の間は汽車で行って十二粁《キロ》、自動車の道はどの位あるか知らないけれど、大体鉄道線路に沿っているので、大した違いはないだろう。暗い大雨の衾《ふすま》を走り抜ける為に、自動車が出来るだけ徐行してその間を通り過ぎる迄、稲妻に追っ掛けられ、又は先廻りされて、全く生きた心地はしなかった。

漸《ようや》く海岸の道を離れて、別府の市内に這入り、町の明かりで稲光りは見えなくなったが、道にたまった雨水に燈火の影が流れて、往来の水に波が打って、池か湖の中を行くのかと思われる。宿は山寄りの高い所にあるそうで、次第に自動車が坂道を登り出した。賑やかな通《とおり》があって、両側の明かりがきらきらと輝き、ネオンサインの色が叩きつける雨に溶けて、流れて、何が何だかわからなくなった。

繁華な所を通り過ぎたと思うと、自動車がトンネルの中へ這入って行く様である。向うに暗い穴が見える様だが、左右の気配はどうもそうらしくない。おかしいなと思っている内に、自動車の前面硝子《ガラス》の雨を拭《ふ》いているクリナーの描いた弧線が、水をかぶった硝子の面にその部分だけ穴をあけて、行く手の暗い方へ向かっているから、暗いトンネルの穴かと思ったのだと云う事がやっと解った。

仕舞には大分急な坂を登り、崖《がけ》に沿って曲がった様である。そうして飛んでもなく大きな宿屋に著《つ》いた。尤《もっと》も暗い雨の中で、その輪奐《りんかん》を見たわけではないが、案内されて私共の座敷へ通される迄の道中が、恐ろしく長い。廊下を幾曲りして、段段を上がったり下りたり、途中でいやになった。もういいかと思うと雨の降っている庭へ出て、渡り廊下の屋根の下を伝い、別棟の離れへ案内されてほっとした。

稲光りで気を遣い、身体《からだ》が硬くなっているところへ、宿屋に著いてから、又草臥《くたび》れた。

通された座敷は十四畳敷の広間で、次の間もあるし、控えの間もあるし、玄関もあって、専用の風呂場《ふろば》がついている。

洋服の儘《まま》、廊下の肱《ひじ》掛け椅子にくつろいだ。一服しながら座敷を眺めて、中中広いと思う。阿房《あほう》列車で行く先先の宿屋に落ちつくと、いつも座敷が広くて何畳敷で、幾《いく》間《ま》続きで廊下がどうこうと云う様な事を云うのは、決して宿の構えを紹介しているのではない。私には珍らしいから、その時時の感想を畳の数や部屋数に託して述べるのである。なぜと云うに、私は東京へ帰れば、私の家は三畳の部屋が三つしかない。

別府は温泉地であって、この宿も勿論《もちろん》温泉旅館である。しかし私は温泉に這入りに来たのではない。何しに来たと云うこともないが、温泉を目的にして来ない事だけははっきりしている。しかし断じて温泉にはつからないと云う決心で来たわけでもない。普通の風呂のつもりで這入ってもいいし、又都合では這入らなくてもいい。もともと私は温泉場と云うものが好きではないけれども、こうしてここへ来たのは、だれからもおどかされて来たのではなく、自分が来ようと思った所へ来た迄であるから、自分で来ておいて、こう云う所はきらいだなどと考えるのはおかしい。だから一服して、落ちついて、ちっとも嫌ってはいない。明日は一日ゆっくりして、明日の晩も泊まるつもりである。なぜ来たかと、追究する者はだれもいない。

女中が浴衣《ゆかた》をそろえて、お風呂へ這入れと云う。それはどこへ行っても、宿屋へ泊まればそう云って来るのが女中の順序である。況《いわ》んやここは天下に名立たる温泉郷である。しかし、私は右に云った様なわけからではなく、別府湾の稲光りが余りに恐ろしかったので、身体が石の様になっていて、方方にかたまりがある様で、いまだにほぐれない。だからお風呂へ這入る、と云う事もあるが、だからお風呂などどうでもいいから、一刻も早く一献を始めたいと云う事も云える。

お風呂はいいから、すぐにお膳《ぜん》を出せと云ったら、女中が怪訝《けげん》そうな顔をして引き下がった。

待っている間に洋服を脱いで浴衣になろうと思う。椅子から起《た》った序《ついで》に、閉め切って雨の音を遮っている廊下の硝子戸を開けて見たら、強い硫黄《いおう》のにおいが鼻に這入って来た。

そこへ女中が来て、新聞社の人がお会いしたいと云っていると云う。新聞記者はもう済んだじゃないかと思ったが、考えて見ればさっきのは大分市の新聞であった。今来ているのは別府市の記者なのであろう。これからくつろごうと思っている矢先で、今インタアヴィウを受けるのは面倒臭い。会っていればそれだけお膳が遅れる。しかし先方は職務としてやって来たので、ことわってしまうのも気の毒だと思う。ただ先方がその職務を遂行して見たところで、私の様な無意味な者をつかまえて、何を尋ねても埒《らち》はあかない。決して記事にはならない事が、私にはわかっているけれど、向うでは知らないから、雨の中を御苦労様にやって来たのであろう。会わずにそう云っても承服しないに違いない。だから、今すぐ会うから、ここへ通せと女中に云って、洋服を脱ぐのを、暫《しば》らく待つ事にした。

それで新聞記者が這入って来て、何か尋ねた。だから何か答えたが、何を云ったか丸で記憶がない。ある筈《はず》がないので、忘れたのでなく初めから取りとめがない事を、覚えているわけに行かない。君、もういいだろうと云うと、お疲れの所をお邪魔しましたと云って、帰って行った。

それからやっと、くつろいで落ちついた。ここ迄一緒に来てくれた何樫《なにがし》君を引き止めて、山系と三人で、さてと始めたばかりの一献のお膳の上に、鋭い電光が射《さ》したと思うと、電燈が消え、近い山が割れた様な雷が鳴った。

私共は阿房列車の旅に、いつでも懐中電燈を持っている。立つ前に新らしい電池と取りかえて来る。暗がりの中からすぐに山系君が取り出して、お膳の上を明かるくした。雷はこわいが、お膳のそう云う風景は、亦《また》お酒の興をすすめる。

「今度の紀行を書くとすれば、梅天の別府だと思っていたが、これでは雷天の別府だね」

「停電の別府でしょう」と山系が云った。

女中が燭台《しょくだい》を幾つも持って来た。

そうして間もなく、思ったより早く電気がともった。ぱっと明かるくなって見ると、薄暗かった間に随分廻っている。私だけではない。

矢っ張り、猿の話しが出た。

女中も話しの仲間に這入って、云《い》った。「食べ物を持って行ってやりますと、歯を剥《む》きますのよ」

「怒るのか」

「欲しいからでしょう」

「こう云う風にかい」と云って、私が歯を剥いて見せた。

しかし、もとへ戻らなくなるといけないから、その真似《まね》は一ぺんだけで止《や》めた。

何樫《なにがし》君の話に、高崎《たかざき》山の猿は群棲しているので、大勢で出て来て、付近の果樹を荒らし、畑の物を食い散らし、百姓の被害は相当なものなので、退治《たいじ》てしまおうかと云う話もあったのですが、それよりも野猿の名所として猿を保護して、観光客を誘致し、その上がりで百姓の損害を補償した方がよかろうと云う事になりました。先月までのこの半年足らずの収入は、五百万円に達しています。

足掛け三日別府にいた間に見たこちらの新聞では、大雨の記事の外《ほか》に、殆《ほと》んど毎日の様に猿の事が載っている。猿の扱い方、観光地としての所管等の問題で、多少の紛争もあるらしい。猿に夢中になって、少しくのぼせている様でもあり、それだけに又熱心でもある。高崎山の萬寿寺別院の下の電車停留場には、「猿情報」と云う掲示があって、今どのくらい猿が出ているかと云う事を、刻刻に知らせるそうである。

猿も次第に人に馴《な》れて、或《あるい》は人をなめて、図図《ずうずう》しく振舞うらしい。初めの内は自然食しか食べなかったが、近来は加工食でもよろこんで食べる。麵麭《パン》やビスケットなぞ、待ち兼ねた様に貰《もら》って行くと云うので、少し憎らしい。だから川蟹《かわがに》の紙袋《かんぶくろ》をやって見たくなる。

何樫君が、明日猿を見に行くかと尋ねる。行かなくてもいいけれど、行ってもいいが、お天気次第だと云うと、お天気だったら、行くなら、案内してくれそうな口振りである。しかしそのお天気の模様も疑わしく、又よく晴れていないのに出掛けて、猿を見に行って雷に会ったりしては引き合わない。萬事は明日の事にしようと云う事で、何樫君は帰って行った。

女中が云うには、この下にもう一ついいお座敷がある。そこが今晩あく筈だから、ふさがっていたので御案内出来なかったが、明日御覧になって、よろしかったらお移りになってはいかがです。帳場で左様申して居《お》ります。この間の将棋の名人戦をなさったお座敷で、見晴らしはこのお座敷よりも、もっとよろしゅう御座います。

「山系君、そっちへ移って、一番指《さ》そうか」

「やりましょう。君、その時の盤や駒《こま》があるかい」

「あるものか。持って帰ったよ、きっと」

その附《つ》き附《づ》きの女中があって、大山側升田《ますだ》側に別かれ、女中までが非常に気を遣うそうである。

「考える時間に、庭をお歩きになるのですよ。見ていて呼吸が詰まりそうですわ」

雨の勢いは少しも衰えない。すぐ下を流れるらしい谷川の水音が、段段に強くなった。

雨と渓流の音を聞きながら寝て、枕《まくら》に耳を澄ますと、別に間近かで雫《しずく》の落ちる音がする。豪奢《ごうしゃ》な座敷に雨漏りがするらしい。床の間の天井裏が規則正しい拍子で、ぽた、ぽたと鳴っている。その拍子に間《ま》を踏む気持でついて行ったら、じきに眠ってしまった。

七　雨《あま》籠《ご》り

翌二十六日の朝は、うしろの山の背に轟《とど》く雷で目がさめた。雨は昨夜の儘《まま》の勢いで降り続いている。座敷の廊下の硝子戸から眺める外が谷の様になっているので、落ちて来る太い雨の筋が随分長い。

山系君が又曖昧《あいまい》な顔をしている。

「どうしたの」

「はあ」

「変だね」

「夢を見たのです」

「又こわい夢か」

「そうなのです。どうも片づかない気持で」

「猿が来たのだろう。昨夜は猿が来やしないかと思って寝たが、僕の夢には出て来なかった」

「いや、猿ではありません。東京の夢です。ビルがあって、ビルのまわりにアスファルトの道があって、そのビルが夜更《よふ》けになると、ぐるぐる廻り出すのです」

「それは面白い趣向だ。悪夢ではない」

「いいえ、それがこわいのです。僕はうなされたのではないかと思うのですが、こわくても目をさます事が出来ませんから、苦しくなって」

「貴君《きくん》はどこにいるのだ」

「僕はアスファルトの道に起っているのです。僕の目の前で、大きなビルが、ぐるぐる、ぐるぐる」

「それを止《と》めようとするのかね」

「そうだろうと思うのです、それが段段速くなるものですから」

「仕方がない。ほっておきなさい。夢占《ゆめうら》は困難だね。要するに五臓のつかれだろう」

「まだ何だか動いている様で、いやな気持です」

　女中の話しによると、昨夜その下を自動車で通った高崎《たかざき》山の、海岸に迫っている山腹に山津浪《つなみ》が起こって、鉄道線路も、それに並行した電車線路も、その下にあるバスや自動車の通路もすっかり塞《ふさ》がれて、不通になり、大きな松の木が、根を出して道路に倒れていると云う。明日通ろうと思っている日豊《にっぽう》線も不通になったそうで、それは私共に取って由由敷《ゆゆしき》一大事であるが、しかし立つ迄には何とかなるだろうと、高を括《くく》って心配しない事にした。

　思い出して、昨夜話しのあった名人戦の遺跡の検分に行った。女中の案内で長い廊下をうねくね伝って、矢張り別棟になっているその座敷へ上がって見たが、立派ではあるけれど、少し薄暗い。それは勿論お天気の所為《せい》であるが、しかし今私共のいる座敷よりも暗い。控えの間に雨漏りがしていて、バケツが受けてある。私の座敷の床の間の雨漏りは、それ程の事はない。見晴らしはいい様だが、今はこの辺《あた》り一帯が雨雲に包まれているので、少し離れた先の景色は見えないから、同じ事である。えっちら、おっちら引越して来る程の事もないから、もとの儘でいい事にしよう。そうきめたので山系君との名人戦は、私の不戦勝、彼も同じく不戦勝と云う事になった。

お午《ひる》になり、午後になり、いつ迄《まで》たっても雨ばかり降って、そうして雷が鳴り、時時大きなのが轟いて心胆を寒からしめる。高崎山の猿なぞに構ってはいられない。折角ここ迄来たなれど、縁なきものと思って貰う。彼等にしても、足許《あしもと》で山崩れがしたりしては物騒だから、もっと奥の方へ退避したに違いない。枝にぶら下がった儘、松の木ごと往来へころがって出たりしては醜態である。

山系君が、玄関へ行って見ないかと云う。何だと云うと、絵葉書が列《なら》べてあって提《ちょう》燈《ちん》が下がっていたと云う。それを見に行くのかと聞くと、そうだと云う。他に約束もないし、何の差閊《さしつか》えもない。又長い廊下を伝って、行って見た。

絵葉書も提燈も面白くはなかったが、廊下の途中に中庭があって、泉水に緋鯉《ひごい》がいる。大雨の為《ため》にその水が溢《あふ》れたのでなく、まわりに溜《た》まった雨水が、泉水の水より高くなったから、水の境目がなくなり、緋鯉と一緒にいた赤い鮒《ふな》尾《お》の金魚が一匹、外に出て、池でない所を泳いでいる。下《くだ》らない恰好《かっこう》の金魚だが、真赤な色で、薄暗い軒下の何でもない所を行ったり来たりしているのが、水の中の焔《ほのお》の様に思われた。

座敷へ帰って来て、床の間の前に坐《すわ》って見たが、水盤の生け花、香炉から立つ印香のかおり、脇息《きょうそく》なぞ、物物しいばかりで所在がない。所在がないと云うのが一番難有《ありがた》いのだが、難有いけれど所在がない。それでは、と思い立って、今日はお風呂へ這入ろうと思う。つまり別府の温泉に漬かろうと云うのである。女中にそう云うと、昨日ならまだよかったけれど、今日はお湯に雨水が這入って、砂が混ざって、濁っているから駄目だと云う。それならそれでよろしい。一つ仕事が省《はぶ》けたわけで、こうして所在なく休養する。温泉に来て温泉にも這入らずに休養する。

夕方近く何樫《なにがし》君が来た。その話しによると、昨日私共が通って来た豊肥《ほうひ》線が二ケ所で不通になり、明日通る筈《はず》の日豊線もさっき聞いた通り不通で、鳥栖《とす》、久留米から大分に来る久大《きゆうだい》線も不通となり、帰りの急行「きりしま」が通る鹿児島本線も不通になったそうである。明日以後の旅程がどうなる事かわからない。心配でない事はないが、天道様のなせる業《わざ》なら仕方がない。仕方がなければ、ほっておく計《ばか》りである。

「何樫さん、私共は昨日通って来て、あぶない所でいい工合でしたが、豊肥線と云うのは、おかしな名前だな」

「なぜです」

「おならの筋みたいではありませんか。あなたの方の管理局で、豊肥線の線の字を、肉月の腺に変えてはどうです」

日暮れになって、空の色が少し明かるくなった。まだ残雨はあるけれど、何となく上がりそうな気配である。庭の雨声が遠ざかったと思ったら、待っていた様に季節外《はず》れのこおろぎが鳴き出した。

八　曲がった鉄橋目録

翌朝目がさめて見ると、矢張り雨が降っている。もう歇《や》んだのではなかった。しかし雷は聞こえない。谷の様になった下の坂道を、トラックが通る音で、又雷が鳴っているかと勘違いした。

何樫君の電話で、今日これから通る日豊線の不通箇所は開通した。鹿児島本線は不通だが、東京から来た「きりしま」を、門司で折り返し運転するから、それに乗ればいいと云う。それでは今日は予定通りに立つ事が出来る。

早目に宿を出て、別府駅へ行った。駅長室で一服している時、丁度いい工合に東京からの長距離電話が掛かって来た。山系君が受けて応答している。東京でも新聞報道等で心配し出したらしい。掛けて来たのは本庁にいる見送亭夢袋《むたい》さんで、東京と大分《おおいた》では随分遠いから、蚊の泣く様な声をしていると山系君が云った。そう云う山系の声だって、夢袋さんの耳には同じ様に聞こえたに違いない。水禍に遭わなかったかと尋ねてくれるらしい。

「大丈夫です。無事です。そうです身体《からだ》の方も異状ありません」
精神にも異状ありませんと云えと、山系君のうしろから大きな声をしている途中で、電話が切れてしまった。

見送亭夢袋の計らいで、私共が無事な事を東京へ伝える事が出来た。しかしこちらにいても、宿で見た新聞や、管理局の何樫君の話し等で、こうして晏如《あんじょ》としている私共の周辺が、鉄道線路の故障だけでなく、昨日の宵には熊本全市が大洪水に襲われるなぞ、段段大変な事になって来た事を知り、無事に予定通りに行動しているのが、相済まぬ様な気がし出した。

十二時三十分、準急五〇八列車で別府を立ち、開通したばかりの日豊本線を無事に通過した。空は曇ったなりに明かるくなりそうだと思ったが、小倉《こくら》に近づく頃から又大雨になった。

その日豊線は、私共の通った後再び不通になったそうで、全く雨師《うし》は私と山系だけを通してくれた様に思われる。

別府から日豊本線の終著駅門司港へ到《いた》る間の真中辺りに、中津駅がある。中津から分岐する会社線大分交通の耶馬渓《やばけい》線に、川の中で曲がった鉄橋が架かっていると云う事を少し前に教わった。

曲がった鉄橋の事は、前稿「春光山陽特別阿房《あほう》列車」の中で、岡山に近い吉井川の鉄橋が川の中で曲がっている。曲がった鉄橋は日本中に一つしかないだろうと、今から五十何年前に小学校で先生から教わった通りを書いたら、その後になって読者から次ぎ次ぎに教示を受けた。私が子供の時に、教わった当時はそうだったかも知れないが、その後に新らしく曲がったのが架かっていると云うのである。大方《たいほう》の読者の中には、曲がった鉄橋の好きな人がいるかも知れないから、私が新らしく教わった事を私《わたくし》しないで、耶馬渓線に近い中津駅を通った機会に、御披露する。

曲がった鉄橋目録

一、山陽本線吉井川鉄橋、上下二線

二、耶馬渓線、大正初年開通、鉄橋ノ名前ハ知ラナイ

三、中央線龍王、韮崎《にらさき》間ノ塩川鉄橋、カアヴ四百二十、明治三十七年頃開通

四、北陸本線糸魚川《いといがわ》駅ヨリ分岐スル大糸北線根知《ねち》、小瀧《こたき》間ノ姫川《ひめかわ》鉄橋、カアヴ約百二三十度

これで見ると、曲がった鉄橋、曲線橋梁《きょうりょう》はまだまだ外にもあるか知れない。カアヴだけでなく、高くなったり低くなったり、勾配《こうばい》のついた鉄橋があればなお趣きがある。

九　西洋枇杷《びわ》

先《ま》ず小倉で降りた。山系君の旧《ふる》い先輩、奇石氏が小倉の駅に来ている筈である。又こちらの管理局の甘木君とも小倉で会う打合せになっている。

その二人に会い、少憩した後、一緒に又汽車に乗って門司まで来た。折り返しの「きりしま」の発車迄に、まだ四時間ぐらいも暇がある。階上の食堂でお茶を飲んで二人に別かれ、それから駅長室にお邪魔して、すっかりくつろいだ。

私共にも迫っているか知れない水禍をのがれて、ここ迄帰って来たから、後はもう大丈夫だと思う。これから関門隧道《ずいどう》をくぐって、本土に出れば、山陽線は何の故障もないだろう。

小倉も大雨であったが、門司は小倉よりもまだひどく降っている。雷も鳴っているらしいけれど、駅の中は色色の音や響きがするから、よくわからない。だから雷鳴の時は、駅にいればこわくない。

去る三月十五日に運転を始めたばかりの山陽線特別急行「かもめ」も、遠賀《おんが》川の決《けっ》潰《かい》で、終著駅の博多まで行く事が出来ないから、門司で打切りになった。私が駅長室でぼんやりしている時、窓の向うに見えるホームに「かもめ」が這入《はい》って来た。途中で降ろされた人達の当惑を想像する。博多の市長もその一人で、帰る事が出来ない、自動車も通らないと云《い》う話で、どこか駅長の紹介した宿屋へ行く事になったらしい。門司もその後でじきに水浸しになったそうだから、そう云う人達はどうしたろうと思う。

途中で降ろされた人人の中で、当地に身寄りもないし、宿を取る程のお金の余裕を持ち合わせていない人達の為《ため》に、駅で炊《た》き出しをした。駅長室の机の上に、その紙包みが積み上げてあった。駅長さんが、先生一ついかがですと云う。辞退したけれど、後で駅員が二包み持って来てくれた。その一つを返し、一つを開けた。竹の皮包みの大きな握り飯が二つに、福神漬と沢庵《たくあん》の切れが添えてある。一つを山系君が食べた。中から梅干しが出て来た。残りの一つは又竹の皮にくるみ、東京へ持って帰って、家で私が戴《いただ》いた。

漸《ようや》く門司仕立ての「きりしま」の発車時刻になった。暗い大雨の中のホームに沿って、陰気に静まり返っている「きりしま」は、水の底から引き揚げた化け物の様である。ホームの屋根とデッキの隙間《すきま》から降って来る瀧の様な雨に叩《たた》かれて、乗り込んだ。車内はがらんがらんに空《す》いている。

私共は、今日は、十二時三十分に別府を出てから間もなく、日豊線の車中で汽車弁当を食べた。それからさっき門司駅の階上でお茶を飲んだ時、フルウツ・ポンチを食べた。山系君はその外に、炊き出しのお結びを一つ食べている。しかし上リ「きりしま」の門司発は八時四十八分で、もうじき九時である。この汽車に乗り込み、ほっとしたら急におなかがへって来た。それよりも、いろいろ疲れているので、あの方を早くしたい。

山系君に異議はなく、動き出していない列車の食堂車へ這入った。

まだお客は来ていない。中が空いているから床の全面が見える。土左衛門《どざえもん》が歩いて行った足跡の様に、真中の通路が筋になって、点点と濡《ぬ》れている。蛍光燈の色も水の様でわびしい。

だから早く始めよう。杯をあげて八代《やつしろ》の宿の夜更けに、お池の縁でぴかりぴかり光った物をなだらめよう。

いつ動き出したのか、そっちに気を取られているから知らなかった。すぐに関門隧道に這入った筈だが、それも気がつかなかった。下ノ関も、うわの空で、汽車は健全な響きを立てて走るし、お客は一ぱい這入ったし、いつもの夜汽車の食堂車らしくなった。

女の子の給仕が、銀盆に盛った水菓子を捧《ささ》げて通り掛かった時、汽車が揺れたので、

「ふん張って女車掌は釣りを出し」の姿勢に構えた拍子に、一番上の大きな西洋枇杷が一つ、足もとの床に落ちてころがった。

私の食卓のすぐ横なので、どうするかと思って見ていたら、彼女は手早くその枇杷を拾い上げ、自分のエプロンのポケットに入れて澄まして歩き出した。

三十年前、新橋駅の東洋軒の給仕が、床に落とした林檎《りんご》をその儘《まま》上に乗っけたのを思い出し、この食堂車の請負い、日本食堂の訓練のいいのに感心した。

明日《あくるひ》起きて、朝のお茶を飲みに食堂車へ行く時見たら、がらんがらんだった車内が一ぱいになっている。途中のどこで、そんなに乗って来たのか知らない。

九州は大変だが、関門隧道を本土に出て、山陽線にかかればもう大丈夫だと思ったその山陽線が、私共の通った後で、厚狭《あさ》が不通になった。後でまだその他にも不通箇所が出来た様である。

そうして関門隧道に水が這入って、私共が帰った後は、もう門司へも行かれなくなった。

地理教育

鉄道唱歌 第一集・第二集

大和田《おおわだ》建樹《たけき》作歌

東京音楽学校講師 上《うえ》真《さね》行《みち》作曲

大阪師範学校教諭 多《おおの》梅《うめ》稚《わか》作曲

鉄道唱歌

多　梅稚　作曲

鉄道唱歌

上　真行　作曲

鉄道唱歌第一集　東海道

一　汽笛一声新橋を
　　はや我汽車は離れたり
　愛宕《あたご》の山に入りのこる
　　月を旅路の友として

新橋

二　右は高輪《たかなわ》泉岳寺
　　四十七士の墓どころ
　雪は消えても消えのこる
　　名は千載《せんざい》の後《のち》までも

三　窓より近く品川の
　　台場も見えて波白く
　海のあなたにうすがすむ
　　山は上総《かずさ》か房州《ぼうしゅう》か

品川

四　梅に名をえし大森を
　　すぐれば早も川崎の
　大師河原は程ちかし
　　急げや電気の道すぐに

大森
川崎

五　鶴見《つるみ》神奈川あとにして
　　ゆけば横浜ステーション
　湊《みなと》を見れば百舟《ももふね》の
　　煙は空をこがすまで

鶴見
神奈川
横浜
程谷
戸塚

六　横須賀《よこすか》ゆきは乗替と
　　呼ばれておるる大船の
　つぎは鎌倉鶴《かまくらつる》が岡《おか》
　　源氏の古跡《こせき》や尋ね見ん

大船
・鎌倉

七　八幡宮《はちまんぐう》の石段に
　　立てる一木《ひとき》の大鴨脚樹《おおいちょう》
　別当公暁《べっとうくぎょう》のかくれしと
　　歴史にあるは此陰《このかげ》よ

八　ここに開きし頼朝《よりとも》が
　幕府のあとは何《いず》かたぞ
松風さむく日は暮れて
　こたえぬ石碑は苔《こけ》あおし

九　北は円覚建長寺
　南は大仏星月夜
片瀬腰越江の島も
　ただ半日の道ぞかし

一〇　汽車より逗子《ずし》をながめつつ　・逗　子
　はや横須賀に著《つ》きにけり　・横須賀
見よやドックに集まりし
　わが軍艦の壮大を

一一　支線をあとに立ちかえり　藤　沢
　わたる相模《さがみ》の馬入川《ばにゅうがわ》　茅ケ崎
海水浴に名を得たる　平　塚
　大磯《おおいそ》みえて波すずし　大　磯

一二　国府津《こうづ》おるれば馬車ありて　国府津
　酒匂《さかわ》小田原《おだわら》とおからず　松　田
箱根八里の山道も
　あれ見よ雲の間より

一三　いでてはくぐるトンネルの　山　北
　前後は山北《やまきた》小山駅《おやまえき》　小　山
今もわすれぬ鉄橋の
　下ゆく水のおもしろさ

一四　はるかにみえし富士《ふじ》の嶺《ね》は　御殿場
　はや我そばに来《きた》りたり　佐　野
雪の冠雲の帯
　いつもけだかき姿にて

一五　ここぞ御殿場夏ならば
　われも登山をこころみん
高さは一万数千尺《いちまんすせんじゃく》
　十三州もただ一目

一六　三島は近年ひらけたる
豆相《ずそう》線路のわかれみち
駅には此地《このち》の名をえたる
官幣大社《かんぺいたいしゃ》の宮居《みやい》あり　　三島

一七　沼津の海に聞《きこ》えたる
里は牛伏我入道《うしぶせがにゅうどう》
春は花咲く桃《もも》のころ
夏はすずしき海のそば　　沼津　鈴川

一八　鳥の羽音におどろきし
平家の話は昔にて
今は汽車ゆく富士川を
下るは身延《みのぶ》の帰り舟　　岩淵　蒲原

一九　世に名も高き興津鯛《おきつだい》
鐘の音ひびく清見寺《せいけんじ》
清水につづく江尻《えじり》より
ゆけば程なき久能山《くのうざん》　　興津　江尻

二〇　三保の松原田子の浦
さかさにうつる富士の嶺《ね》を
波にながむる舟人《ふなびと》は
夏も冬とや思うらん

二一　駿州《すんしゅう》一《いち》の大都会《だいとかい》
静岡いでて阿倍川を
わたればここぞ宇津《うつ》の谷《や》の
山きりぬきし洞《ほら》の道　　静岡

二二　鞘《さや》より抜けておのずから
草なぎはらいし御剣《みつるぎ》の
御威《みいつ》は千代に燃ゆる火の
焼津《やいづ》の原はここなれや　　焼津

二三　春さく花の藤枝も
すぎて島田の大井川
むかしは人を肩にのせ
わたりし話も夢のあと　　藤枝　島田　金谷

二四　いつしか又も暗《やみ》となる
世界は夜かトンネルか
小夜《さよ》の中山《なかやま》夜泣石《なきいし》
問えども知らぬよその空

堀之内

二五　掛川袋井中泉《かけがわふくろいなかいずみ》
いつしかあとに早《はや》なりて
さかまき来《きた》る天龍《てんりゅう》の
川瀬の波に雪ぞちる

掛川
袋井
中泉
天龍川

二六　この水上《みなかみ》にありと聞く
諏訪《すわ》の湖水の冬げしき
雪と氷の懸橋《かけはし》を
わたるは神か里人か

二七　琴ひく風の浜松も
菜種に蝶《ちょう》の舞坂《まいさか》も
うしろに走る愉快さを
うたうか磯の波のこえ

浜松
舞坂

二八　煙を水に横たえて
わたる浜名の橋の上
たもと涼しく吹く風に
夏ものこらずなりにけり

鷲《わし》津《づ》

二九　左は入海しずかにて
空には富士の雪しろし
右は遠州洋《えんしゅうなだ》ちかく
山なす波ぞ砕けちる

二川

三〇　豊橋おりて乗る汽車は
これぞ豊川稲荷道《いなりみち》
東海道にてすぐれたる
海のながめは蒲郡《がまごおり》

豊橋
御油
蒲郡

三一　見よや徳川家康の
おこりし土地の岡崎を
矢《や》矧《はぎ》の橋に残れるは
藤吉郎のものがたり

岡崎
安城
苅谷
大府

二二　鳴海《なるみ》しぼりの産地なる
　鳴海に近き大高《おおたか》を
下《くだ》りておよそ一里半
　ゆけば昔の桶狭間《おけはざま》

大高

二三　めぐみ熱田《あつた》の御やしろは
　三種の神器《じんぎ》の一《ひと》つなる
その草薙《くさなぎ》の神つるぎ
　あおげや同胞《どうぼう》四《し》千萬《せんまん》

熱田

二四　名たかき金の鯱《しやちほこ》は
　名古屋の城の光なり
地震のはなしまだ消えぬ
　岐阜《ぎふ》の鵜飼《うかい》も見てゆかん

名古屋　清洲　一ノ宮　木曾川　岐阜

二五　父やしないし養老の
　瀧は今なお大垣を
三里へだてて流れたり
　孝子の名誉ともろともに

大垣　垂井

二六　天下の旗は徳川に
　帰《き》せしいくさの関が原
草むす屍《かばね》いまもなお
　吹くか胆吹《いぶき》の山おろし

関原

二七　山はうしろに立ち去りて
　前に来《きた》るは琵琶《びわ》の海
ほとりに沿いし米原《まいばら》は
　北陸道《ほくろくどう》の分岐線《ぶんきせん》

長岡　米原

二八　彦根《ひこね》に立てる井伊《いい》の城
　草津にひさぐ姥《うば》が餅《もち》
かわる名所も名物も
　旅の徒然《とぜん》のうさはらし

彦根　河瀬　能登川　八幡

二九　いよ〳〵近く馴《な》れくるは
　近江《おうみ》の海の波のいろ
その八景も居ながらに
　見てゆく旅の楽しさよ

野洲　草津　馬場

四〇
瀬田の長橋《ながはし》右に見て
ゆけば石山観世音《いしやまかんぜおん》
紫式部が筆のあと
のこすはここよ月の夜に

四一
粟津《あわづ》の松にこととえば
答えがおなる風の声
朝日将軍義仲《あさひしょうぐんよしなか》の
ほろびし深田《ふかだ》は何《いず》かたぞ

四二
比良《ひら》の高嶺《たかね》は雪ならで
花なす雲にかくれたり
矢走《やばせ》にいそぐ舟の帆も
みえてにぎわう波の上

四三
堅田《かただ》におつる雁《かり》がねの
たえまに響く三井《みい》の鐘
夕ぐれさむき唐崎《からさき》の
松にや雨のかかるらん

四四
むかしながらの山ざくら
におうところや志賀の里
都のあとは知らねども
逢坂山《おうさかやま》はそのままに　大谷

四五
大石良雄《おおいしよしお》が山科《やましな》の
その隠家《かくれが》はあともなし
赤き鳥居の神さびて
立つは伏見の稲荷山《いなりやま》

四六
東寺《とうじ》の塔《とう》を左にて
とまれば七条ステーション　京都
京都《きょうと》京都と呼びたつる
駅夫のこえも勇ましや

四七
ここは桓武《かんむ》のみかどより
千有余年の都の地
今も雲井の空たかく
あおぐ清涼紫宸殿《せいりょうししんでん》

四八　東に立てる東山《ひがしやま》
西に聳《そび》ゆる嵐山《あらしやま》
かれとこれとの麓《ふもと》ゆく
水は加茂川桂川《かつらがわ》

四九　祇《ぎ》園《おん》清水《きよみず》知恩院《ちおんいん》
吉田《よしだ》黒谷《くろだに》真如堂《しんにょどう》
ながれも清き水上に
君がよまもる加茂の宮

五〇　夏は納涼《すずみ》の四条橋
冬は雪見の銀閣寺
桜は春の嵯峨《さが》御室《おむろ》
紅葉《もみじ》は秋の高雄山《たかおやま》

五一　琵琶湖を引きて通したる
疏水《そすい》の工事は南禅寺《なんぜんじ》
岩切り抜きて舟をやる
智識の進歩も見られたり

五二　神社仏閣山水の
外《ほか》に京都の物産は
西陣織の綾錦《あやにしき》
友禅染の花もみじ

五三　扇《おうぎ》おしろい京都紅《きょうとべに》
また加茂川の鷺《さぎ》しらず
みやげを提《さ》げていざ立たん
あとに名残は残れども

五四　山崎おりて淀川を　　向日町
わたる向うは男山《おとこやま》　　山崎
行幸ありし先帝の
かしこきあとぞ忍ばるる

五五　淀の川舟《かわふね》さおさして
くだりし旅はむかしにて
またたくひまに今はゆく
煙たえせぬ陸《くが》の道

五六　おくり迎うる程もなく
　茨木《いばらき》吹田《すいた》うちすぎて
はや大阪につきにけり
　梅田はわれをむかえたり

五七　三府の一《いつ》に位《くらい》して
　商業繁華《しょうぎょうはんか》の大阪市
豊太閤《ほうたいこう》のきずきたる
　城に師団はおかれたり

五八　ここぞ昔の難波《なにわ》の津《つ》
　ここぞ高津《たかつ》の宮《みや》のあと
安治川口《あじがわぐち》に入《い》る舟の
　煙は日夜たえまなし

五九　鳥《とり》も翔《かけ》らぬ大空《おおぞら》に
　かすむ五重の塔の影
仏法最初の寺と聞く
　四天王寺はあれかとよ

高《たか》槻《つき》
茨木
吹田
大阪

六〇　大阪いでて右左
　菜種ならざる畑《はた》もなし
神崎川《かんざきがわ》のながれのみ
　浅黄《あさぎ》にゆくぞ美《うつく》しき

六一　神崎よりはのりかえて
　ゆあみにのぼる有馬山
池田《いけだ》伊丹《いたみ》と名にききし
　酒の産地もとおるなり

六二　神戸《こうべ》は五港の一つにて
　あつまる汽船のかず〳〵は
亜米利加《あめりか》露西亜《ろしや》支那《しな》印度《いんど》
　瀬戸内《せとうち》がよいも交《ま》じりたり

六三　磯にはながめ晴れわたる
　和田のみさきを扣《ひか》えつつ
山には絶えず布引《ぬのびき》の
　瀧見に人ものぼりゆく

神崎
西宮
住吉
三宮
神戸

六四　七度《ななたび》うまれて君が代を
　まもるといいし楠公《なんこう》の
いしぶみ高き湊川《みなとがわ》
　ながれて世々の人ぞ知る

六五　おもえば夢《ゆめ》か時のまに
　五十三次はしりきて
神戸のやどに身をおくも
　人に翼の汽車の恩

六六　明けなば更に乗りかえて
　山陽道を進《すす》まし
天気は明日も望あり
　柳にかすむ月の影

鉄道唱歌第二集　山陽、九州

一
夏《なつ》なお寒き布引《ぬのびき》の
　瀧のひびきをあとにして
神戸《こうべ》の里を立ちいずる
　山陽線路《さんようせんろ》の汽車の道

神戸

二
兵庫鷹取須磨《ひょうごたかとりすま》の浦《うら》
　名所旧蹟《きゅうせき》かずおおし
平家《へいけ》の若武者敦盛《わかむしゃあつもり》が
　討たれし跡もここと聞く

兵庫　須磨

三
その最後まで携《たずさ》えし
　青葉の笛は須磨寺《すまでら》に
今ものこりて宝物《ほうもつ》の
　中にあるこそあわれなれ

四
九郎判官義経《くろうほうがんよしつね》が
　敵陣めがけておとしたる
鵯越《ひよどりごえ》やいちのたに
　皆この名所の内ぞかし

塩屋　垂水

五
舞子《まいこ》の松の木《こ》の間より
　まぢかく見ゆる淡路島《あわじしま》
夜は岩屋の燈台《とうだい》も
　手に取る如く影あかし

舞子

六
明石《あかし》の浦《うら》の風景を
　歌によみたる人麿《ひとまろ》の
社《やしろ》はこれか島がくれ
　こぎゆく舟もおもしろや

明石

七
加古川《かこがわ》おりて旅人《たびびと》の
　立ちよる陰は高砂《たかさご》の
松のあらしに伝えくる
　鐘も名だかき尾上寺《おのえでら》

大久保　土山　加古川

八
阿弥陀《あみだ》は寺の音に聞き
姫路《ひめじ》は城の名にひびく
ここより支線に乗りかえて
ゆけば生野《いくの》は二時間余

阿弥陀
姫路
・生野

九
那波《なは》の駅から西南《にしみなみ》
一里はなれて赤穂《あこう》あり
四十七士が仕えたる
浅野内匠《たくみ》の城のあと

網干
龍野
那波
有年
上郡
三石
吉永
和気
万富
瀬戸
長岡

一〇
播磨《はりま》すぐれば焼物の
名に聞く備前の岡山に
これも名物吉備団子《きびだんご》
津山へ行くは乗りかえよ

岡山
・津山

一一
水戸と金沢岡山と
天下に三つの公園地
後楽園《こうらくえん》も見てゆかん
国へ話のみやげには

庭瀬
倉敷

一二
霊験今にいちじるく
讃岐《さぬき》の国に鎮座《ちんざ》ある
金刀比羅宮《ことひらぐう》に参るには
玉島港《たましまこう》より汽船あり

玉島

一三
畳《たたみ》おもての備後《びんご》には
福山町ぞ賑《にぎ》わしき
城の石垣むしのこす
苔《こけ》にむかしの忍ばれて

鴨方
笠岡
大門
福山

一四
武士が手に巻く鞆《とも》の浦《うら》
ここよりゆけば道三里
仙酔島《せんすいじま》を前にして
煙にぎわう海士《あま》の里

一五
浄土西国千光寺《じょうどさいごくせんこうじ》
寺の名たかき尾道《おのみち》の
港を窓の下に見て
汽車の眠もさめにけり

松永
尾道

一六 糸崎《いとざき》三原《みはら》海田《かいだ》市《いち》
すぎて今つく広島は
城のかたちもそのままに
今は師団をおかれたり

一七 日清《にっしん》戦争はじまりて
かたじけなくも大君《おおぎみ》の
御旗《みはた》を進めたまいたる
大本営のありし土地

一八 北には饒津《にぎつ》の公園地
西には宇品《うじな》の新港《しんみなと》
内海波も静なり
呉軍港《くれぐんこう》は近くして

一九 己斐《こい》の松原《まつばら》五日市《いつかいち》
いつしか過ぎて厳島《いつくしま》
鳥居を前に眺《なが》めやる
宮島駅につきにけり

糸崎
三原
海田市
広島
・宇品
横川
己斐
五日市
廿日市
宮島

二〇 汽笛ならして客を待つ
汽船に乗れば十五分
早くもここぞ市杵島《いちきしま》
姫のまします宮どころ

二一 海にいでたる廻廊の
板に浮べてさす汐《しお》に
うつる燈籠の火の影は
星か蛍か漁火《いさりび》か

二二 毛利《もうり》元就《もとなり》この島に
城をかまえて君の敵
陶晴賢《すえはるかた》を誅《ちゅう》せしは
のこす武臣《ぶしん》の鑑《かがみ》なり

二三 岩国川の水上《みなかみ》に
かかれる橋は算盤《そろばん》の
玉をならべし如くにて
錦帯橋《きんたいきょう》と名づけたり

玖波
大竹
岩国
藤生
由宇
大畠

二四 風に糸よる柳井津《やないづ》の
港にひびく産物は
甘露《かんろ》醤油《じょうゆ》に柳井《やない》縞《じま》
からき浮世の塩の味

柳井津
田布施
岩田
島田
下松
徳山
福川
富海
三田尻

二五 出船《でふね》入船《いりふね》たえまなき
商業繁華の三田尻《みたじり》は
山陽《さんよう》線路のおわりにて
馬関《ばかん》に延ばす汽車のみち

二六 少しくあとに立ちかえり
徳山港《とくやまこう》を船出して
二十里ゆけば豊前《ぶぜん》なる
門司《もじ》の港につきにけり

二七 向《むかい》の岸は馬関《ばかん》にて
海上わずか二十町
瀬戸《せと》内海《うちうみ》の咽首《のどくび》を
しめてあつむる船の数

・馬関

二八 朝《あした》の帆影《ほかげ》夕烟《ゆうけむり》
西北さしてゆく船は
鳥も飛ばぬと音にきく
玄界洋《げんかいなだ》やわたるらん

二九 満《み》ち引く汐《しお》も早鞆《はやとも》の
瀬戸と呼ばるる此海《このうみ》は
源平《げんぺい》両氏の古戦場
壇《だん》の浦《うら》とはこれぞかし

三〇 世界にその名いと高き
馬関条約結びたる
春帆楼《しゅんぱんろう》の跡といて
昔しのぶもおもしろや

三一 門司よりおこる九州の
鉄道線路をはる〲と
ゆけば大里《だいり》の里すぎて
ここぞ小倉《こくら》と人はよぶ

門司
大里
小倉

三二　これより汽車を乗りかえて
東の浜に沿いゆかば
城野行橋宇島《じょうのゆきはしうのしま》を
すぎて中津《なかつ》に至るべし

三三　中津は豊前《ぶぜん》の繁華《はんか》の地
頼山陽《らいさんよう》の筆《ふで》により
名だかくなりし耶馬渓《やばけい》を
見るには道も遠からず

城野　行橋　宇島　中津

三四　白雲《しらくも》かかる彦山《ひこさん》を
右にながめて猶《なお》ゆけば
汽車は宇佐《うさ》にて止まりたり
八幡《やはた》の宮に詣《もう》でこん

今津　四日市　宇佐

三五　歴史を読みて誰も知る
和気清麿《わけきよまろ》が神勅《しんちょく》を
請《こ》いまつりたる宇佐《うさ》の宮
あおがぬ人は世にあらじ

三六　小倉に又も立ちもどり
ゆけば折尾《おりお》の右左《みぎひだり》
若松線と直方《のおがた》の
道はここにて出あいたり

大藏　黒崎　折尾　若松　直方

三七　走る窓より打ち眺む
海のけしきのおもしろさ
磯《いそ》に貝《かい》ほる少女《おとめ》あり
沖に帆かくる小舟あり

三八　おとにききたる箱崎《はこざき》の
松かあらぬか一むらの
みどり霞みて見えたるは
八幡の神の宮ならん

遠賀川　赤間　福間　古賀　香椎　箱崎

三九　天《あま》の橋立《はしだて》三保《みほ》の浦《うら》
この箱崎を取りそえて
三松原《さんまつばら》とよばれたる
その名も千代の春のいろ

四〇　織物産地と知られたる
　博多《はかた》は黒田の城のあと
川をへだてて福岡の
　町もまぢかくつづきたり

博多

四一　まだ一日とおもいたる
　旅路《たびじ》は早も二日市《ふつかいち》
下《お》りて見てこん名にききし
　宰府《さいふ》の宮の飛梅《とびうめ》を

雑餉隈
二日市

四二　千年《ちとせ》のむかし太宰府《だざいふ》を
　おかれしあとは此処《このところ》
宮に祭れる菅公の
　事蹟《じせき》かたらんいざ来《きた》れ

四三　醍醐《だいご》の御代《みよ》の其《その》はじめ
　惜しくも人にそねまれて
身になき罪をおわせられ
　ついに左遷《させん》と定《さだ》まりぬ

四四　天に泣けども天言わず
　地に叫べども地もきかず
涙を呑《の》みて辺土《へんど》なる
　ここに月日をおくりけり

四五　身は沈めども忘れぬは
　海より深き君の恩
かたみの御衣《ぎょい》を朝毎《ごと》に
　ささげてしぼる袂《たもと》かな

四六　あわれ当時の御心《みこころ》を
　おもいまつればいかならん
御《お》前《まえ》の池《いけ》に鯉《こい》を呼《よ》ぶ
　おとめよ子等よ旅人よ

四七　一時栄えし都府楼《とふろう》の
　あとをたずねて分け入れば
草葉をわたる春風に
　なびく菫《すみれ》の三つ五つ

四八 鐘の音《ね》きくと菅公の
詩に作られて観音寺
仏も知るや千代までも
つきぬ恨みの世がたりは

四九 宰府《さいふ》わかれて鳥栖《とす》の駅
長崎ゆきのわかれ道
久留米は有馬の旧城下
水天宮もほどちかし

五〇 かの西南の戦争に
その名ひびきし田原坂《たばるざか》
見に行く人は木葉《きのは》より
おりて道きけ里人に

五一 眠る間もなく熊本の
町に著《つ》きたり我汽車は
九州一の大都会
人口五万四千《しせん》あり

原田 田代 鳥栖 久留米 羽犬塚 矢部川 渡瀬 大牟田 長洲 高瀬 木葉 植木 池田 熊本

五二 熊本城は西南の
役《えき》に名を得し無類の地
細川氏《うじ》のかたみとて
今はおかる六師団

五三 町の名所は水前寺《すいぜんじ》
公園きよく池ひろし
宮は紅葉《もみじ》の錦山
寺は法華《ほっけ》の本妙寺《ほんみょうじ》

五四 ほまれの花もさきにおう
花岡山の招魂社
雲か霞か夕ぞらに
みゆるは阿蘇《あそ》の遠煙

五五 わたる白川緑川
川尻《かわしり》ゆけば宇土の里
国の名に負う不知火《しらぬい》の
見ゆるはここの海と聞く

川尻 宇土

五六
線路分るる三角港《みすみこう》
出《い》で入る船は絶えまなし
松橋《まつばせ》すぎて八代《やつしろ》と
聞くも心のたのしさよ

・三角
松橋
小川
有佐
八代

五七
南は球磨《くま》の川の水
矢よりも早くながれたり
西は天草洋《あまくさなだ》の海
雲かとみゆる山もなし

五八
ふたたびかえる鳥栖《とす》の駅
線路を西に乗りかえて
ゆけば間もなく佐賀の町
城にはのこる玉のあと

五九
つかれてあびる武雄《たけお》の湯
みやげにするは有田焼
めぐる車輪の早岐《はやき》より
右にわかるる佐世保道

中原
神崎
佐賀
久保田
牛津
山口
北方
武雄
三間坂
有田
三河内
早岐
・佐世保

六〇
鎮西一の軍港と
その名しられて大村の
湾をしめたる佐世保には
我が鎮守府をおかれたり

六一
南《みなみ》の風《かぜ》をハエと読む
南風崎《はえざき》すぎて川棚《かわだな》の
つぎは彼杵《そのぎ》か松原の
松ふく風ものどかにて

南風崎
川棚
彼杵
松原

六二
右にながむる鯛《たい》の浦
鯛つる舟もうかびたり
名も諫早《いさはや》の里ならぬ
旅の心やいさむらん

六三
故郷《こきょう》のたより喜々津《ききつ》とて
おちつく人の大草《おおくさ》や
春日《はるび》長与《ながよ》のたのしみも
道尾《みちのお》にこそつきにけれ

大村
諫早
喜々津
大草
長与
道尾

長崎

六四 千代に八千代の末《すえ》かけて
栄行《さかゆ》く御代は長崎の
港にぎわう百千船《ももちぶね》
夜《よ》は舷燈《げんとう》のうつくしさ

六五 汽車よりおりて旅人の
まず見にゆくは諏訪《すわ》の山
寺町《てらまち》すぎて居留地《きょりゅうち》に
入ればむかしぞ忍ばるる

六六 わが開港を導きし
阿蘭陀《おらんだ》船のつどいたる
みなとはここぞ長崎ぞ
長くわするな国民《くにたみ》よ

六七 前は海原《うなばら》はてもなく
外《と》つ国までもつづくらん
あとは鉄道一すじに
またたくひまよ青森も

六八 あしたは花の嵐山《あらしやま》
ゆうべは月の筑紫潟《つくしがた》
かしこも楽しここもよし
いざ見てめぐれ汽車の友

解説

高橋義孝

お見受けするに、百鬼園主人の生活の最大特色は徹底という点に存する。徹底という日本語よりもコンゼクヴェンツという独逸《ドイツ》語の方がぴったりする。まずおよそ現代風にスピーディなところはない。何事にも順序があるということはわかるが、忙しい今日の人々のように、一から二、二から、三、四を飛ばして五といった工合には、百鬼園主人にあっては万事が参らぬのである。雨が降ろうが槍《やり》が降ろうが、これと定まった手順なり順序なりは必ず正確に一、二、三、四、五と踏まなければ気が済まぬというわけである。早呑《の》み込みや早合点、あっさりやっつけるなどということはまずまずありえぬのである。はたから拝見していると、ああ万事に手順があり約束があっては、さぞ御窮屈であろうと、ふと思ってしまうのだが、御本人は恐らく逆で、手順や順序や約束がなかったならば、却《かえ》って途方に暮れてしまうであろう。どこをどうしていいのか、わけがわからなくなってしまうであろう。

百鬼園主人の行住坐臥《ぎょうじゅうざが》を支配している徹底は、たとえば文字の使い方や発音、字画、仮名遣い等にもむろん及んで、仄聞《そくぶん》するところ、百鬼園主人は物事を必ず辞典の類に当ってみなければ、文にもせず、口にもせず、曖昧《あいまい》ということを蛇蝎視《だかつし》する。殊《こと》に漢字の字画、テニヲハの使用法が厳格である。従って、百鬼園主人の文章は日本文の正統をふまえているといっていい。旧仮名遣いを使っている大抵の人が、今日では新聞雑誌が従っている新仮名遣いと当用漢字とに屈服してしまって、たとえ原稿は旧仮名遣いで書いていても、新聞社や雑誌社がこれを新仮名遣いと当用漢字とに訂正してしまうのを黙認して、そんなことをするのなら己の文は売らぬなどとはいわないのに、百鬼園主人は頑冥《がんめい》にして、絶対に自己の仮名遣いと用字法とを相手に直させたりはせぬ。だから例の「原文のまま」という括弧入りの文句をつけた原稿をのせず、新仮名遣いに当用漢字を徹底させている新聞や雑誌で百鬼園主人の文章に出会うということはないのである。

徹底はまた頑固である。自分が一旦《いったん》こうと思い定めたら、百鬼園主人は、人が何といおうともう駄目で、飽くまでも自分の思い通りに事を運ぶ。百鬼園主人位、頑固な人は珍らしいといってもいい。

ところがこの頑固親爺《おやじ》は、日常生活上でも稀代《きたい》のフモリストである。噴き出さずにはいられないような洒落《しゃれ》冗談が引きも切らずに口を飛び出す。葉書などを戴《いただ》くと、三度四たびは読み返しても飽きないフモールが溢《あふ》れている。

さてこの几帳面《きちょうめん》で徹底的で頑固で洒落のめしてばかりいる百鬼園主人が文章を書くと、どういう文章が出来上るか。「阿房《あほう》列車」を読まれた読者にそれを説明するのも無駄なようだが、何ともいえず曖昧で、はっきりとしたイメージを、百鬼園文章は的確に読者に与える。その辺がまことに奇妙な工合である。

ごく近頃の文章に「梅雨の年賀状」というのがある。その中にこんなことが書いてある。関東の大震災で焼け出された人たちが、焼けずに残った小石川音羽の辺を行列を作って、恐らく郊外の身寄りのところへでも歩いて行くのだろう、てくてくと歩いてくる。「行列が少し行ったと思うと、いきなり中程の人が一人、大きな声で泣き出した。泣きながらすたすた歩いている。突然で、突拍子もない調子外れの泣き声で、黙って歩いて行く行列も、潰《つぶ》れていない両側の家《や》並みにも調和しない。しかし聞いている方で目を伏せる様な気持がした。」私などにはこの、「聞いている方で目を伏せる様な気持がした」の一行で、その場の全光景と全雰囲気とがきらりと光るように思われるのである。「聞いている方で」云々《うんぬん》は、どうにもこれ以外の言葉がないように見える。どういう言い廻しもこの言葉には及ばぬと考えられる。「目を伏せる」も巧みなら、「目を伏せる様な」の「様な」も凄《すご》い。何というのか、つまりこれが文学であろう。

同じ文章の中にこんな箇処もあった、尤《もっと》もこれはこんど空襲の夜の描写だ、「真暗な筈《はず》の往来が、近くの火柱と空を流れる赤い煙塵《えんじん》の為《ため》に、人の眉《まゆ》の毛が見える程明かるい。その赤い明かりの往来の上を、黒い人影の列が近づいて来た。

まだ私共の前に掛からぬ前から屈託のなさそうな大きな声が聞こえた。

『やりやがったな』

『とら刈りを刈りなおしたんだろ』

『わっはは』

アスファルトの道にカラカラと下駄を鳴らしているのもある。前を通る時見ると、銘銘荷物を背負っている行列の中に、三味線を一棹《ひとさお》、胴を上にしてかついでいるのもいた。」

この文章の中の「人の眉の毛が」云々という形容、「カラカラと下駄を鳴らして」云々の描写、「三味線を一棹、胴を上にして」云々という部分など、あの空襲の夜の一情景を伝ええて遺憾がない。これは恐らくその夜の実景であったのだろうが、事実下駄がアスファルトの道の上にカラカラと鳴っても、胴を上にして三味線をかついで人が歩いても、それをその夜の一情景として捉《とら》えるか否《いな》かが問題で、詩人ならぬ人間には、たとえ空襲のために気持が動転していなかったにしろ、そういうものは耳にきこえず、眼にも見えなかっただろうと私は想像する。むろんそれは実景であっただろうが、しかし実景であろうと仮景であろうと、そんなことはどうでもよろしいので、問題はあの空襲の夜を筆で捉えるという点にあるわけである。殊にこのカラカラという擬声語の効果は素晴らしく、妖怪《ようかい》味さえ漂わせているではないか。ひと死にや恐怖や不安や、又、不可思議な気持のゆとりなど、不断はあまりそういう組合せにならぬものが組合わされるのが非常事態であって、その非常事態の有様が実によく描かれている。あの夜の恐ろしさは、克明にリアリスティックな描写によるよりも、この妙に曖昧なような百鬼園随筆の一箇処に、ものの見事に捉えられているのである。こういうところ、比類がない。

「阿房列車」では、百鬼園主人の旧作「冥途《めいど》」などの主調をなしている夢裡《むり》の光景、何ともいい現わしようのない気味のわるい、とりとめのない、それでいて印象強烈な光景が主体と成ってはいないのだが、しかし「阿房列車」の文学的実体をも遠くの方から「冥途」的な詩人の眼は睨《にら》んでいるのである。フモールもただのフモールであるのではない。

しかし「阿房列車」も、以前に運転せられた「阿房列車」記録にはフモールが勝っていたが、あとの運転に係る「阿房列車」では厳正な紀行文という体制が誰の眼にもはっきりしている。一読すれば何の変哲もない文章であろうが、気を落著《つ》けて再読三読してみると、いわゆる紀行文やいわゆるユーモア小説とのちがいはあまりにも鮮やかで、これをたとうれば、「阿房列車」が昆布のだしに鰹節《かつおぶし》で仕立てた吸物なら、後者は醬油《しょうゆ》を薄めて煮立てたものに味《あじ》の素《もと》でも加えて出来た吸物なので、そこを味わわなければ「阿房列車」が可哀相《かわいそう》である。又、そこを味わえる人には「阿房列車」はこよなき好文学であるだろう。官能的で感覚的で、耳目に入りやすいように心がけるのはいかさま現代風だが、文学としてはそれでは面白くない。文学は高級であればあるほどいい。逆説めくが、文学というものは、高級であればあるほど、却ってわかりいいのである。枯淡な「阿房列車」は、だから、よく読んでみると、却って水々しい。

百鬼園主人が奇行を以《も》って世に知られてから既に久しいが、世間の眼に奇行と映ずるそのものは、実は百鬼園主人の、例の徹底の一必然的帰結であって、奇行などというものではない。徹底的に徹底的で論理的だと、世間の人の眼にはそれがつい奇行とか奇矯と映ずるのである。それほどの百鬼園主人が、一旦文を草するとなると、こういう「阿房列車」のような、生麩《なまふ》のような高野豆腐のようなものが出来上る。ふわふわとして、とりとめもない、不可思議な味わいの作品が出来上る。そのあたりの事情ははなはだ神秘的で、私などには説明できかねる。ところがその、ふわふわとして、とりとめもない、不可思議な味わいは、そういう味わいとして、厳然として明白に存在する。曖昧どころの騒ぎではない。実に明晳《めいせつ》な存在である。明晳な曖昧とでもいえばよろしかろうか。

ひとかどの作家は、ひとかどの作家であればこそいずれもユニクな作風を持つのだが、百鬼園主人の作風は、ユニクな上にもユニクである。そのユニクたるや、倫を絶する底のユニクである。日本の文学史上、まことに貴重にして稀《まれ》な作風であるといわなければなるまい。こういう作品を大勢の人が読むようになれば、日本も安心だが、とさえ私などは思うので、大変舌足らずでちぐはぐな解説だったが、敢《あ》えて孟浪《もうろう》の言を弄《ろう》した次第である。

（昭和三十年八月刊行新潮文庫版解説）

旅が好き

平田オリザ

一年の半分を自宅以外の場所で過ごすような生活が、もう十年も続いている。始終、居場所が定まらず、余所《よそ》からは忙しそうに見えるので、いつ原稿を書いているのかと心配される。別に時間は、一人ひとりに一様であるから、たぶん、どこかで帳尻《ちょうじり》を合わせて書いているのだろう。

旅好きである。それは間違いない。

私の場合には、百閒先生と違って、汽車だけではなく、飛行機、船、自転車など、何でもいいことになっている。乗り物なら、何でもいい。たぶん、何かに乗って、移動をすることが好きなのだと思う。これは百閒先生と同じ。

飛行機、新幹線は風情《ふぜい》がないなどと、贅沢《ぜいたく》なことも言わない。新幹線には新幹線の良さがある。速いということだろう。各駅停車には、各駅の良さがある。遅いということだろう。

旅はこうあらねばならない、と決めてかかるのは、本当の旅好き、乗り物好きではない。こういうことを、はっきり言ったり書いたりしていいということも、私は百閒先生から教わった。もちろん、直接教えを請《こ》うたわけではなく、『阿房列車』から学んだのである。

『阿房列車』の魅力は、いくら語っても語り尽くせないのだが、一つには、この手の紀行文には珍しく、風流を振りかざさないところにある。最上のセンスを持っているのに、それをひけらかすこともない。根拠のない懐古趣味にも陥らない。なぜなら百閒先生にとっては、自分で見たり聞いたりしたことだけが信じられることなのであって、有職故実《ゆうそくこじつ》は、その知識は持ち合わせていても、それだけでは開陳する意味のないもののようだ。

「高い物は品がいい。だれが払ったにしろ、又月賦《げっぷ》であろうと即金払いであろうと、そう云《い》う事は品物の本質に関係はない」(「雷九州阿房列車　前章」)

さらりと書いているけれど、こういうことは本当の大人でないと書けない。

文中に、外界に対する批評、批判がないわけではない。いや、それどころか、ひとたび気に入らないことがあれば、舌鋒《ぜっぽう》鋭く、徹底的な攻撃が繰り広げられる。しかし、その批判は、必ず、権威に対して、お高くとまった訳知り顔の唐変木に対して行われる。自らを高みに置くようなことは、露ほどもない。

たとえば、やはり同じ、「雷九州阿房列車　前章」の中に、食堂車の女の子たちの「よくすいて居《お》ります」という言葉遣いを批判する一節がある。しかし、その文章は、巷《ちまた》によくある「近頃の若い人たちの言葉遣いときたら」という類《たぐい》のものではない。

「今までは全線の食堂車の経営を、日本食堂会社が一手に請負っていたから、食堂車に勤務する女の子達を、日本食堂所属の養成所の様な所で教育し訓練するのだろう。その養成所に日本語が余りよく出来ない、語感のいい加減な先生がいて、右の様なへんな語法を幹線の走る限り到《いた》る所に散らかして廻らせる」

百閒先生は、ただの偏屈なオヤジではない。

私は、高校時代に内田百閒という作家に出会い、とりわけ、この『阿房列車』を、こよなく愛し、繰り返し読み続けてきた。

バブルの時代、世の浮かれ具合に背を向けて、何もない退屈な時間をどうにか演劇に出来ないものかと四苦八苦していた私にとって、『阿房列車』は聖典のようなものだった。実際に、『阿房列車』や、他の百閒先生の著作をコラージュして、原作とはまったく異なる『阿房列車』という芝居の台本さえ書いた。幸い、この作品は、今でも細々と上演が続いている。

当時、もう一冊、私が毎晩のように読んでいたのは、内田百閒の師匠にあたる夏目漱石の『三四郎』だった。ご存じのように、この小説の冒頭は、『阿房列車』と同じく、汽車の中である。

九州熊本から東京の帝国大学へと進学するために上京する三四郎は、汽車の中で、不思議な紳士と出会う。いくつかの会話のあとに、三四郎が、

「然《しか》しこれからは日本も段々発展するでしょう」

と問いかけると、このひげの紳士は即座に、

「亡《ほろ》びるね」

と一言すげなく答える。

『三四郎』は、一九〇八年に書かれ、それから四十年も経《た》たずに、大日本帝国は、崩れ去るように滅びてしまった。

いま、また日本は、滅びのプログラムの中に入っている。

どんな国家も、大帝国も、その繁栄は永劫《えいごう》不変ではないから、この日本の衰退と滅亡は驚くにはあたらない。私たちは、ただ今回の滅亡の際には、前回のように近隣諸

国にあまり迷惑をかけることなく、静かに衰退の道をたどることだけを心がければいい。

私はこの滅びゆく日本に生きる、愛すべき日本人たちの退屈を、出来るだけ克明に描きたいと思う。チェーホフが、滅びゆく帝政ロシアの人々を、異常なほどの愛情を持って描ききったように。あるいは百閒先生が、みずからの退屈を、血の出るようなユーモア精神で、微細に描き出したように。

「これからその話をすると云っても、往復何の事故も椿事《ちんじ》もなく、汽車が走ったから遠くまで行き著《つ》き、又こっちへ走ったから、それに乗っていた私が帰って来ただけの事で、面白い話の種なんかない。それをこれから、ゆっくり話そうと思う。抑《そも》も、話が面白いなぞと云うのが余計な事であって、何でもないに越した事はない。どうせ日は永いし、先を急ぐには及ばない。今のところ私は、差し当たって外に用事はない。ゆっくりしているから、ゆっくり話す」(「春光山陽特別阿房列車」)

『阿房列車』の運行には目的がない。百閒先生は、見物さえ嫌いなようである。

「もともと見物と云う事が私は余り好きでない。なぜと云うに、何かを見るのは面倒臭い。又みんながだれでも見る物を見ても面白い筈《はず》がない」(「雷九州阿房列車　後章」）

これは、私も思い当たる節がある。

私は、近年、鳥取での仕事が多く、回数にすると十数度、鳥取、倉吉、米子と回っている。いままでは一人の旅が多かったが、つい先日、初めて劇団ごとの旅公演で鳥取を回った。このときは、やはり初めて、女優である私の妻も同道した。

米子の近辺の淀江という町で公演があり、一日、休演日ということになって自由時間ができ、劇団員たちは朝から境港や皆生温泉に散らばっていった。妻も、境港市の「ゲゲゲの鬼太郎ロード」や、「水木しげる記念館」に足を運んだらしい。私は、水木さんの漫画は大好きだが、境港には行ったことがなく、この日も一日、高校生相手の演劇ワークショップに明け暮れた。

鳥取市でも、半日だけ自由になる時間があり、妻にどこか行きたいところがあるかと聞いたら、砂丘に行きたいと言う。そういえば、いつでもいけるだろうと思って、砂丘にも行っていなかった。鳥取の方たちには、申し訳ないので、それを言っていなかった。

朝早くにこっそり旅館を出て、タクシーを拾って砂丘に出かけた。まぁ、たしかに、日本では他のどこにもない風景であり、砂丘を歩くのは面白かった。

しかし、これはさらに、鳥取の方には大変申し訳ないことになるが、要するにこの風景は、丘のある巨大な海浜であって、ただこれを、「砂丘」と名付けた見識だけが素晴らしい。砂の丘であるから、これは「砂丘」に違いなく、だが、その命名の妙の一点において、この風景は、他の風景とはっきりと区別される。

砂丘の帰りには、鳥取市が運営する観光用のバスに乗って旅館の前まで戻ってきた。このバスは、座席が普通のバスとは逆に、外側に向けてついていて、鳥取市街を見ながら移動することが出来る。これは楽しかった。

やはり、私は、ただ乗り物に乗るのが好きなのだとわかった。

（平成十五年九月、劇作家）

初出誌「小説新潮」
雪中新潟阿房列車　別冊昭和二十八年五月号
雪解横手阿房列車　昭和二十八年六月号
春光山陽特別阿房列車　同　八月号
雷九州阿房列車　前章　同　十月号
同　後章　同　十一月号

この作品は昭和二十八年十二月三笠書房より刊行された。

表記について

新潮文庫の文字表記については、原文を尊重するという見地に立ち、次のように方針を定めました。

一、旧仮名づかいで書かれた口語文の作品は、新仮名づかいに改める。
二、文語文の作品は旧仮名づかいのままとする。
三、旧字体で書かれているものは、原則として新字体に改める。
四、難読と思われる語には振仮名をつける。

なお本作品集中には、今日の観点からみると差別的表現ととられかねない箇所が散見しますが、著者自身に差別的意図はなく、作品自体のもつ文学性ならびに芸術性、また著者がすでに故人であるという事情に鑑み、原文どおりとしました。

（新潮文庫編集部）

内田百閒著

百鬼園随筆

昭和の随筆ブームの先駆けとなった内田百閒の代表作。軽妙洒脱な味わいを持つ古典的名著が、読やすい新字新かな遣いで登場！

内田百閒著

第一阿房列車

「なんにも用事がないけれど、汽車に乗って大阪へ行って来ようと思う」。借金をして一等車に乗った百閒先生と弟子の珍道中。

永井荷風著

ふらんす物語

二十世紀初頭のフランスに渡った、若き荷風の西洋体験を綴った小品集。独特な視野から西洋文化の伝統と風土の調和を看破している。

夏目漱石著

硝子戸の中

漱石山房から眺めた外界の様子は？　終日書斎の硝子戸の中に坐し、頭の動くまま気分の変るままに、静かに人生と社会を語る随想集。

夏目漱石著

二百十日・野分

俗な世相を痛烈に批判し、非人情の世界から人情の世界への転機を示す「二百十日」、その思想をさらに深く発展させた「野分」を収録。

夏目漱石著

明暗

妻と平凡な生活を送る津田は、かつて将来を誓い合った人妻清子を追って、温泉場を訪れた——。近代小説を代表する漱石未完の絶筆。

新潮文庫最新刊

伊坂幸太郎著
ホワイトラビット
銃を持つ男。怯える母子。突入する警察。前代未聞の白兎事件とは。軽やかに、鮮やかに。読み手を魅了する伊坂マジックの最先端！

重松　清著
カレーライス
―教室で出会った重松清―
いつまでも忘れられない、あの日授業で読んだ物語――。教科書や問題集に掲載された名作九編を収録。言葉と心を育てた作品集。

瀬尾まいこ著
君が夏を走らせる
金髪少年・大田は、先輩の頼みで鈴香（一歳）の子守をする羽目になり、退屈な夏休みが急転！　温かい涙あふれるひと夏の奮闘記。

七月隆文著
ケーキ王子の名推理《スペシャリテ》5
祝♡カップル成立！　初デートにコスプレハロウィンパーティー、看病イベントも発生!?　胸きゅんが溢れ出る新章「恋人編」始動!!

清　水　朔著
奇譚蒐集録
―北の大地のイコンヌプ―
流れ歩く村《ヤイケシテコタン》に伝わる鬼の婚礼、変身婚《ヤイカラ・ウコレ》とは――。帝大講師・南辺田《みなべだ》廣章《こうしょう》が大正の北海道で滅亡した村の謎を解く、民俗学ミステリ。

森見登美彦著
太陽と乙女
我が青春の四畳半時代、愛する小説。鉄道旅。のほほんとした日常から創作秘話まで、登美彦氏が綴ってきたエッセイをまるごと収録。

第《だい》二《に》阿《あ》房《ほう》列《れつ》車《しゃ》

新潮文庫　う-12-4

平成十五年十一月一日発行
令和二年七月五日十刷

著者　内《うち》田《だ》百《ひゃっ》閒《けん》

発行者　佐藤隆信

発行所　株式会社新潮社

郵便番号　一六二―八七一一
東京都新宿区矢来町七一
電話　編集部(〇三)三二六六―五四四〇
　　　読者係(〇三)三二六六―五一一一
http://www.shinchosha.co.jp

価格はカバーに表示してあります。

印刷・三晃印刷株式会社　製本・株式会社植木製本所

ISBN978-4-10-135634-1 C0195